Stuart Jackman
Die Affäre Davidson

Stuart Jackman

Die Affäre Davidson

Roman

Brendow
Buch · Kunst · Verlag

Die Deutsche Bibliothek - CIP-Einheitsaufnahme

Jackman, Stuart:
Die Affäre Davidson / Stuart Jackman. Aus dem Engl. von
Günter Panske. - Moers : Brendow, 1997
(Edition C : C ; 500)
ISBN 3-87067-694-9

ISBN 3-87067-694-9
Edition C, C 500

Originaltitel: „The Davidson Affair". © by Stuart Jackman
Aus dem Englischen von Günter Panske
Einbandgestaltung: Kortüm + Georg, Agentur für Kommunikation,
Münster (Westfalen)
Gesamtherstellung: Koninklijke Wöhrmann B.V., Zutphen
Printed in the Netherlands

Für
meinen Freund und Mentor
Hubert Cunliffe-Jones
in Dankbarkeit
und in der Hoffnung, daß er
in der Spreu ein Weizenkorn finden möge.

Hören sie Mose und die Propheten nicht,
so werden sie auch nicht glauben,
wenn jemand von den Toten aufstünde.

Lukas 16.31

1

(Auszug aus dem Skript der Sondersendung vom Montag, dem 16. April, 20 Uhr 15 aus den römischen Studios der Kaiserlichen Fernsehgesellschaft [KFG].)

BILD	TON
Schnitt zu Andrew Patros M/CU	(Musik ausblenden) Wachsende Unruhen im Nahen Osten. Seit gestern früh treffen Berichte über eine neue Krise in Jerusalem ein. Nach einer Reihe von Zwischenfällen hat der Generalgouverneur für die Zeit der Dunkelheit eine Ausgangssperre über die Stadt verhängt. Offenbar steht Judäa im Begriff, zu einem der schlimmsten Unruheherde des Römischen Imperiums zu werden. Um Ihnen, verehrte Zuschauer, einen vollständigen Überblick

BILD	TON
	über die jüngsten Entwicklungen zu geben, schalten wir jetzt um in unsere Studios in Jerusalem, wo sich unser Sonderkorrespondent Cass Tennel für Sie bereithält. Hallo, Cass Tennel, bitte melden.
Schnitt Tennel	(Musik einblenden)

2

Die Jerusalemer Studios lagen sehr günstig an der Ecke gegenüber dem Jaffa-Tor. Schaute man aus dem Fenster von Kappers Büro im fünften Stock, wo dem WFS eine Etage zur Verfügung stand, so konnte man die ganze Stadt überblicken bis hin zu dem massiven Klotz des Tempels und dem grünen Rücken des Ölbergs dahinter – ein prachtvolles Bild, das zwischen den diversen Programmen im JFS 1 – dem Jerusalemer Kanal – als Erkennungsbild verwendet wurde.
An jenem Montagabend diente es mir als Kulisse für meinen Report. Es wurde von hinten auf eine Leinwand projiziert, vor der man einen Schreibtisch und einen Stuhl für mich bereitgestellt hatte. Auf dem Schreibtisch stand ein Telefon und eine kleine Vase mit Anemonen aus Galiläa. Das Telefon war Kappers Dreh, seine optische Visitenkarte sozusagen, die er regelmäßig ins Bild bringt. Dem Zuschauer, behauptet er, würde dadurch das Gefühl suggeriert, unmittelbar dabei zu sein, auch ein Hauch gespannter Erwartung teile sich mit. Die Blumen stellten meinen Beitrag dar. Sie stammten aus der Gegend, wo Davidson aufgewachsen war, und diese Tatsache besaß für den Romantiker in mir einen starken Reiz.
Ich saß unter dem flutenden Licht und beobachtete

Drewy Patros auf dem Monitor. Er war der Leiter der Nachrichtenabteilung bei der KFG und trat für gewöhnlich nur bei besonderen Anlässen, wie etwa beim Tode eines Monarchen, vor die Kamera. Untersetzt und dunkelhaarig, mit einem großen, runden Kopf und einem Bürstenhaarschnitt hockte er in der Mitte des Bildschirms wie eine Spinne, in deren Netz sich gerade eine ausnehmend saftige Fliege verfangen hat. An jenem Abend war der Empfang ausgezeichnet, und Patros' Stimme, die sich gierig durch das Wortgeknorpel hindurchkaute, drang über die vielen Kilometer unverzerrt an mein Ohr. Ich glaube, man könnte seine Stimme interessant nennen, männlich, geprägt von einer starken Persönlichkeit, vor allem, wenn man sie, wie die Fernsehzuschauer, nur gelegentlich vernimmt. Für uns jedoch, die wir mit ihm zusammenarbeiten mußten, klang sie weniger anheimelnd als aufreizend und dazu gefährlich wie eine Alarmsirene. In unserer Vorstellung verband sie sich mit dem organisierten Chaos, aus dem aktuelle Fernsehsendungen geboren werden – den strapaziösen Reisen zu weltfernen Orten, den scheußlichen Mahlzeiten, die stehend an Kantinentischen hinuntergewürgt wurden, dem besessenen Gehetze auf der Suche nach Tatsachen, die in einer unwahrscheinlich kurzen Zeitspanne zusammengesammelt und, hübsch vorgekaut, einem gefräßigen Publikum vorgesetzt werden mußten. Patros sah nicht nur aus wie eine Spinne, er benahm sich auch so. Unerwartet stürzte er sich auf unsere Freizeit und überraschte uns regelmäßig mit einer ganzen Kollektion ausgewachsener Katastrophenfälle.

Als ich am Sonntagmorgen um halb sieben im Heliopolis Palm Hotel nach dem Telefon neben meinem Bett geangelt und am andern Ende seine Stimme vernommen hatte, war mir sogleich klar, daß sich da etwas

zusammenbraute. Und auf sein Gebräu verspürte ich nicht den geringsten Appetit.
Greg Dekka und ich hatten zwei Wochen in der Wüste hinter uns, wo wir ein Feature über das Frühlingsfest der Beduinen abgedreht hatten. Es handelte sich um eine pseudo-kulturelle Sache, die Toplou bebrütet hatte, seit er Programmdirektor geworden war. Toplou war ein Grieche, dem der Sprung von der Athener Universität, wo er einen Lehrauftrag gehabt hatte, an die Spitze des Fernsehens gelungen war. In seiner Vorstellungswelt hatte das Fernsehen die Aufgabe, zu erziehen und zu erbauen und nicht etwa zu unterhalten.
Aber vielleicht brauchten wir einen wie ihn. Seit Jahren hatten wir die Zuschauer mit Sex und Crime überschwemmt, und alle Anzeichen sprachen dafür, daß der Sättigungspunkt in etwa erreicht war. Komisch nur, daß Toplous sorgfältig geplantes Kultur-für-die-Massen-Programm immer wieder ein verstörend buntscheckiges Aussehen annahm und der früheren Mixtur ganz verteufelt glich, als werde alles, was seinen Weg durch die Kameralinsen nimmt, irgendwo zwischen Drähten und Röhren umgeformt, um auf dem Bildschirm deftig gepfeffert und brutal zu erscheinen. So wie dieses Beduinenfest. Nach Plan und Absicht bildete es ein weiteres Kapitel in der erhebenden Geschichte des Menschen, der über eine ihm feindliche Umwelt triumphiert. Aber alles, was wir zustande gebracht hatten, waren einige tausend Meter Film über Menschen, die sich hemmungslos wilden Tänzen hingaben, einem Teil uralter Fruchtbarkeitsriten; außerdem hatte unsere Kamera einen lüsternen Seitenblick in das Treiben des dörflichen Sklavenmarktes geworfen. Im Grunde hatten wir nichts anderes zu bieten als der Circus Maximus – Nacktheit und Blut – bloß als arabische Variante inmitten von Dreck und Elend, eine Szenerie, die uns

nicht ganz geheuer war, wie der Kontrast durch die Dattelpalmen im Hintergrund verriet.
Nach vierzehn Tagen Beduinenleben waren wir froh, nach Heliopolis zurückzukehren, uns den Gestank der Ziegen aus den Poren zu spülen und endlich wieder in einem anständigen Bett zu schlafen. Nicht, daß wir's damit eilig gehabt hätten. Als erstes hatten wir die Nachtlokale abgegrast (ein müder Abklatsch von dem, was wir in der Wüste gesehen hatten, bloß daß die Mädchen sauberer waren) und uns dem Bewußtsein hingegeben, noch fast den ganzen Sonntag durchschlafen zu können, bevor wir am Montag früh nach Rom zurückflogen. Doch Patros hatte anderes mit uns im Sinn.
»Zieh dich an, Cass«, verkündete er mir übers Telefon. »Ich schicke dich nach Jerusalem.«
»Na, herzlichen Dank. Wann denn?«
»Umgehend. Heute morgen noch. Wir haben einen Charterflug bei der Trans-Med für dich gebucht. In genau dreiundfünfzig Minuten fliegst du von Almaza ab.«
Im andern Bett zwängte Greg ein Auge auf und sammelte seinen Blick auf mir. Ich bedeckte die Sprechmuschel mit der Hand. »Patros. Wir fliegen nach Jerusalem.«
»Was denn ... etwa heute?«
Ich nickte.
»Herr im Himmel«, murmelte Greg und machte sein Auge wieder zu.
Patros sagte mir ins Ohr: »Weiß schon, Cass, das kommt ein bißchen plötzlich, aber ...«
»Ja«, erwiderte ich, »ein bißchen sehr plötzlich, nicht?«
»Tut mir leid, aber hier haben wir's mit Dynamit zu tun. Die ganze Ladung kann jede Minute in die Luft gehen.«

»Ich weiß mich kaum zu lassen«, sagte ich.
Patros sprudelte. »Also hör mal, Cass, falls du ...«
»Schon gut, Drewy. Worum dreht sich's?«
»Davidson.« Das Wort schien ihn in der Kehle zu kratzen. Es klang, als werde ein Streichholz angerissen. Ein Streichholz, um eine Zündschnur anzuzünden.
»Was?«
»Jesus Davidson, zum Kuckuck nochmal.«
»Was ist mit ihm?«
»Sie haben ihn am Freitagnachmittag aufgebaumelt.«
»Ach, wirklich? Und was soll ich jetzt tun? Einen Kranz niederlegen?«
»Wenn das stimmt, was durch den Fernschreiber kommt, braucht er keine Blumen mehr. Eher schon eine gute, handfeste Mahlzeit.«
Ich zog meine Stirn kraus und nahm den Telefonhörer ans andere Ohr.
»Die Verbindung ist wohl schlecht. Hast du nicht eben gesagt, daß er tot ist?«
»Tot und begraben.«
»Letzten Freitag?«
»Richtig.«
»Und jetzt hat er Hunger?«
»Nimm dich zusammen, Cass. Ich weiß selber, daß es sich idiotisch anhört, aber ich hab's direkt von Kapper, und den legt keiner so leicht aufs Kreuz.«
Da mußte ich ihm recht geben. Nick Kapper und ich waren alte Freunde. In frühen Funkzeiten waren wir zusammen Disk-Jockeys gewesen, bevor wir dann zum Fernsehen überwechselten. In den letzten Jahren hatte er sich als Produzent einen ausgezeichneten Ruf erworben. Er war von leichtem Körperbau, stets wie auf dem Sprung, hatte ruhelose Hände und Augen und schien gewissermaßen elektrisch geladen. Es war, als sei er eingespannt in den Stromkreis seiner Kontrolltafel, vor

der er oberhalb des Studios in seiner kleinen, schalldichten Kabine saß. Seine Rivalen behaupteten bissig, er sei mit seinem Job verheiratet, mußten allerdings einräumen, daß es eine äußerst erfolgreiche Ehe war. Wenn die Nachricht von ihm stammte, konnte man der Sache ruhig nachgehen, so grotesk sie sich auf den ersten Blick auch ausnehmen mochte.

»Was sagt er im einzelnen?«

»Warte, hier hab ich's wörtlich: ›Jesus Davidson, am Freitag wegen Hochverrats hingerichtet, wurde heute früh in der Stadt gesehen, nachdem sich um vier Uhr morgens ein kleineres Erdbeben ereignet hatte. Einige Angehörige der jüdischen Armee, zum Wachdienst an Davidsons Grab abkommandiert, befinden sich jetzt in Untersuchungshaft. Schlage vor, sofort Recherchen aufzunehmen.‹«

Ich ließ mir die Sache einen Augenblick durch den Kopf gehen. Zweifellos nahm Kapper die Sache sehr ernst.

»Bist du noch am Apparat, Cass?«

»Bin ich, Drewy. Sag mal, wer war – oder ist – Jesus Davidson?«

Patros lachte. »Eine interessante Frage, Cass. Aber die Antwort darauf mußt du dir schon selbst holen – in Jerusalem. Alles, was wir von ihm wissen, ist, daß er ein kleinstädtischer Handwerker war – Klempner oder Schreiner oder sowas –, der sich ein bißchen zu weit in die Politik reingehängt hatte.«

»Ach, einer von denen.«

»Eben. Und bei der gegenwärtigen Lage im Nahen Osten kann sich das Ding binnen vierundzwanzig Stunden zur Lawine auswachsen.«

»Hat er denn viele Anhänger?«

»Keine Ahnung. Mußt du selber rausfinden. Übrigens nannte er sich Messias.«

»Und was bedeutet das?«

»Tut mir leid, Cass, dafür ist jetzt keine Zeit. Sieh zu, daß du rechtzeitig antanzt. In Jerusalem wartet ein Knüller, den du uns glutheiß servieren wirst, und wenn du dir die Pfoten dabei verbrennst.«
»Sei bedankt, mein lieber Schwan«, sagte ich. »Ich bin jetzt schon Feuer und Flamme.«
»Du kriegst morgen fünfzig Minuten Sendezeit beim WFS. Gleich anschließend an die Abendmeldungen.«
»Jetzt mach man keine Witze. Für so was brauch ich mindestens ...«
»Wende dich an Kapper, der schüttelt das alles aus dem Ärmel. Hauptsache, du stehst morgen um zwanzig Uhr fünfzehn vor der Kamera. Abgemacht?«
»Nun halt mal einen Moment die Luft an, Drewy, ich ...«
»Mach's gut, mein Sohn«, sagte Patros und hängte ein.

Der Miniatur-Patros auf dem Bildschirm des Monitors sagte: »Hallo, Cass Tennel, bitte melden.« Ich hörte das kurze Anschwellen, dann Abklingen der Musik, sah, wie der Aufnahmeleiter seine Hand fallen ließ – das Zeichen für mich –, und drehte mich der Kamera zu.
»Jerusalem«, begann ich, »bietet heute abend das Bild einer Stadt, die von Gerüchten und Unruhe beherrscht wird. Obwohl Hotels und Herbergen noch vollgestopft sind mit Pilgern, die das große Fest der Juden hierhergeführt hat, brütet in den menschenleeren Straßen eine unheilvolle Stille – durchbrochen nur von den quietschenden Streifenwagen der Polizei und den rumpelnden Jeeps der Militärpatrouillen ...«
Die Kamera hatte mich halbnah erfaßt: leicht vorgelehnt über den Schreibtisch, mit dem riesigen Panorama der Stadt hinter mir. Wir hatten uns diese Einstellung sorgfältig durch den Kopf gehen lassen, denn es kam

darauf an, der Sendung von vornherein den richtigen Stimmungsgehalt aufzuprägen.

Ursprünglich waren wir auf klotzige Dramatik aus: »Kann ein Mensch vom Tode auferstehen? Das ist die Frage, die hier heute abend einem jeden auf den Lippen liegt...« Aber als die Stunden in fieberndem Reigen vorübertaumelten und das Skript langsam Gestalt annahm, paßte mir diese Einleitung immer weniger. Denn auf diese Frage konnte einzig und allein ein entschiedenes Nein die Antwort sein und den Höhepunkt bilden, und je mehr ich über Davidson in Erfahrung brachte, desto weniger war ich bereit, mich vor die Kameras zu stellen und eine solche Antwort zu geben.
Die Story, die wir hier Stück für Stück zusammentrugen, zeigte nur auf der Oberfläche ein politisches Gesicht. Im Kern war sie religiöser Natur. Als sich das am Sonntagnachmittag herausstellte, hatte mein Instinkt Alarm geschlagen, und ich war drauf und dran, sie fallen zu lassen wie eine heiße Kartoffel. Nach meiner Erfahrung eignen sich religiöse Stoffe nicht besonders fürs Fernsehen. Sie sind thematisch zu kompliziert und zu zeitraubend. Zerschnippelt man den Komplex Religion aber in kleine Rationen von zehn Minuten Dauer, mit Titeln wie ›Epilog‹ oder ›Glauben heute‹, so wird die Geschichte flau und fad, ein Teller voll wäßrigem Haferschleim, einem Hungernden vorgesetzt. Läßt man die Religion bei Gesprächen am Runden Tisch zu Wort kommen oder räumt ihr einen Platz in der aktuellen Berichterstattung ein, so erleidet man mit schöner Regelmäßigkeit Schiffbruch, denn der natürliche Fluß der Ideen und Vorstellungen setzt sich gegen eine solche Reglementierung zur Wehr. Zäh und klebrig wie Kaugummi ist es, löst nur Peinlichkeit aus und beschert der Fernsehgesellschaft eine lästige Briefflut

von Zuschauern, deren dogmatisches Eiferertum höchstens noch von ihrem völligen Mangel an Mitmenschlichkeit übertroffen wird. Patros würde mir bestimmt keine Kränze flechten, wenn ich ihm einen hochtrabenden Essay über die theologische Problematik des zeitgenössischen Judentums lieferte.

Nur allmählich war uns aufgegangen, daß wir es hier überhaupt mit Religion zu tun hatten – mit einer Sache, die Leben und Tod betraf und die nicht nur die Juden anging. Dies war keine Angelegenheit der Priester oder des Rituals – kein Gezänk über kirchliche Streitfragen, keine Ketzerjagd, die in die Gefilde irgendeiner obskuren Sekte führte. Hier handelte es sich um die Kernfrage – die Frage nach Wesen und Sinn des Lebens. Ich glaube, wir hätten früher darauf kommen sollen, denn einfacher und eindringlicher, als geschehen, konnte diese Frage niemandem nahegebracht werden. Ein Mann in voller Lebensblüte war hingerichtet worden – und nun hieß es, er sei von den Toten auferstanden. Wie eingemeißelt mit klarer, unverwechselbarer Schrift schien sich hier die uralte menschliche Sehnsucht nach Unsterblichkeit verwirklicht zu haben – die mythische Flucht aus der Falle, in der der Mensch seit altersher gefangen war.

Wenn es sich wirklich so verhielt, wie Patros behauptet hatte, dann hatten wir es tatsächlich mit Dynamit zu tun.

Kapper stimmte dem zu. »Sieh zu, daß du die Sache eher unterspielst, Cass. Bloß die Hände von der Zündschnur weg. Wenn die Ladung in die Luft geht, knallt's uns um die Ohren wie in einem Science-Fiction-Film.«

Ich wandte mich der Kamera Nummer Zwei zu. »Am Freitag abend hatte es ganz den Anschein, als seien die Behörden völlig Herr der Lage. Seine Gnaden, der

Hohe Priester, ergriff sofort in engster Zusammenarbeit mit dem Generalgouverneur die Initiative, und die drohende Revolution verlief kläglich im Sande ...«

An der Kamera flackerte das rote Signallicht und verlosch. Ich blickte wieder zum Monitor und paßte meinen Kommentar dem Rhythmus der vorüberhuschenden Filmstreifen an, die Kapper zusammengestellt hatte.

»Die Aufstandsbewegung, offenbar für die Zeit des Passahfestes angesetzt, wirkte eine Zeitlang recht bedrohlich. Gestern vor einer Woche hatte Jesus Davidson, der junge Rebellenführer, auf einem Esel einen triumphalen Einzug in die Stadt gehalten. Vielen von uns mag das verwunderlich erscheinen. In den Augen der jüdischen Pilger, die in dichten Scharen die Straßen säumten, handelt es sich jedoch um eine bedeutsame Tat. Denn ihrer Tradition zufolge stellt dies eines der Erkennungsmerkmale dar, mit denen sich der Messias ankündigt – der Gott-König, der da kommen soll, um sein Volk zu befreien ...«

Ich hatte darauf gehofft, daß wir an dieser Stelle eine gute Nahaufnahme von ihm zeigen konnten: etwas Scharfumrissenes und Dramatisches, das sich ins Gedächtnis der Zuschauer einprägen würde. Aber das einzig Vorhandene war offensichtlich eine halbnahe Einstellung über die Köpfe der Menge hinweg. Man sah eine hochgewachsene und bärtige Gestalt mit breiten Schultern und hoher Stirn. Doch das war so ziemlich alles. Der Schwarz-Weiß-Film beraubte ihn jeglicher Tiefe, jeglicher Persönlichkeitsausstrahlung. Was sich dem Beschauer mitteilte, war der Eindruck eines wie verloren wirkenden Menschen, der linkisch auf einem Esel saß und inmitten des Jubelgeschreis eigentümlich unheroisch wirkte.

»Am vergangenen Dienstag startete er eine Offensive gegen die rechtsstaatliche und kirchliche Ordnung der

Juden, und zwar mitten in ihrem Herzstück, dem großen Tempel Jehovas. Hier, im Vorhof, kommt es ums Haar zur offenen Rebellion, als er sich durch die Pilgerscharen seinen Weg bahnt und die Tische der amtlichen Geldwechsler umstürzt, deren altangestammte Monopolstellung er damit zerschmettert ...«

Kapper hatte diesen Filmstreifen gerade richtig hingezaubert. Von hoch oben auf den Wällen blickte die Kamera in den Hof hinab und wanderte in langsamem Schwenk über Tumult und Getöse. Das Bild glich einem aufgewühlten Ameisenhaufen. Opferschafe und Opferstiere rannten fessellos in der Menschenmenge umher, und ihr verschrecktes Blöken und Brüllen prallte gegen das Gekreisch der Frauen und das wütende Geschrei der Männer, die, zwischen trampelnden Füßen umherkrauchend, nach dem verstreuten Geld suchten und alle Hände voll zu tun hatten, um nicht gegen die Wälle gequetscht zu werden. Über ihren Köpfen stob ein großer Taubenpulk dahin, der auf dem Bildschirm einer pulvrigen Wolke glich, von sachtem, gleichmäßigem Windstoß vorangetrieben.

»Allem Anschein nach handelte es sich um den ersten Vorstoß in einem erfolgreichen coup d'état. Der Umtausch gewöhnlicher Münzen in die besondere Tempelwährung mit der dafür zu entrichtenden hohen Steuer ist für das einfache Volk, das seine Opfer auf dem Tempelmarkt kaufen muß, schon seit langem eine Quelle des Ressentiments. Nach diesem furiosen Auftakt am Dienstag war es klar, daß zumindest die Arbeiterklasse in Jesus Davidson ihren langersehnten Befreier gefunden hatte ...«

Auf ein Zeichen des Aufnahmeleiters kam ich wieder ins Bild.

»Gutunterrichtete politische Beobachter sind der Ansicht, daß nichts ihn hätte aufhalten können, wäre er in diesem Augenblick aufs Ganze gegangen. Wenn es tatsächlich seine Absicht war, die Staatsgewalt an sich zu reißen, dann bleibt unbegreiflich, warum er die Lage nicht unverzüglich nutzte. Die Behörden waren hilflos, die überwiegende Mehrheit des Volkes stand geschlossen hinter ihm. Zeit und Ort konnten kaum passender sein. Die Macht gehörte ihm, er brauchte nur zuzugreifen.

Aber er griff nicht zu. Er entfernte sich aus der Menge und verschwand. Der günstige Augenblick war unwiderruflich vertan. Am Donnerstagabend wurde er an einem geheimen Treffpunkt außerhalb der Stadt gefangengenommen und dem Sanhedrin übergeben, verraten, wie es heißt, von einem seiner engsten Freunde.

Mit einer feinen Witterung für die gespannte Atmosphäre in der Stadt, die sich um diese Jahreszeit damit abquält, das Zehnfache ihrer normalen Bevölkerungszahl aufzunehmen, säumten die Behörden keine Minute, ihm den Prozeß zu machen. Der Sanhedrin hielt eine Nachtsitzung ab und übermittelte am Freitagmorgen dem Generalgouverneur sein Verdikt. Seine Exzellenz unterzeichneten die notwendige Order, und kurz vor zwölf Uhr mittags desselben Tages wurde Davidson hingerichtet. Die Revolution – falls es sich überhaupt um eine Revolution handelte – war vorüber.

Während der gesamten Sabbatfeierlichkeiten am Samstag wurde jede erdenkliche Vorsichtsmaßnahme getroffen, um sicherzustellen, daß die Parteigänger des jungen Aufrührers keine weiteren Zwischenfälle provozierten. Am Ende des Tages meldete dann der Polizeibericht, daß Ruhe und Ordnung wiederhergestellt waren . . .«

Kamera Nummer Zwei fuhr Nahaufnahme. Jetzt kam der kritische Augenblick – die Ankündigung des Ereignisses, das die Langmut der Zuschauer leicht überfordern konnte; das Überwechseln von den Fakten zu dem, was viele sicherlich als wildgewordene Fantasie betrachten würden. Ich heftete meinen Blick fest auf die Kamera und zwang meinen Körper, sich zu entspannen.

»Aber gestern in aller Frühe kam es am Grab des Jesus Davidson zu einem unerwarteten Zwischenfall. Worum es sich genau handelte, hat sich bisher nicht feststellen lassen, jedenfalls gab es ein solches Durcheinander, daß die jüdische Armeewache völlig die Nerven verlor. Als unmittelbare Folge des Vorfalls – wie immer er ausgesehen haben mag – hat sich über die ganze Stadt das Gerücht verbreitet, daß der Tote jetzt wieder am Leben ist ...«

Ruhig hingesprochen, fast beiläufig, mit einer Stimme, die einzig im Verlesen von Wetterberichten geübt schien, klangen die Worte dennoch ganz und gar unglaublich. Kappers Warnungen fielen mir ein, und vor meinem inneren Auge erschien mit widerwärtiger Schärfe Patros' Gesicht. Ich fühlte, wie mir unter dem Hemd der Schweiß herabrann.

»Jeder, der am Freitag der Exekution und der anschließenden Beisetzung Jesus Davidsons beiwohnte, wird ungläubig den Kopf schütteln. Außer Zweifel steht jedoch, daß hier etwas sehr Merkwürdiges vor sich geht und daß sowohl die jüdischen als auch die römischen Behörden sich gezwungen sehen, die Angelegenheit ernst zu nehmen. Kurz nach neun Uhr gestern morgen begab sich der Hohe Priester zur Residenz, wo er mit Seiner Exzellenz eine über einstündige Unterredung hatte. Wenn auch über das Treffen offiziell nichts weiter verlautete, so gewährte uns doch, am selben Morgen noch, der Generalgouverneur ein Interview ...«

3

Kapper legte den Telefonhörer auf und nickte. »Es klappt, Cass. Pilate empfängt euch in fünfzehn Minuten. In der Residenz.«
»Was für ein Lichtblick. Der hat doch sonst was gegen Reporter.«
Kapper lächelte. »Er legt Wert darauf, das Richtige zu tun.«
»Selbst wenn er's dann verschaukelt?«
»Der nicht. Bisher hat er noch jedesmal eine bühnenreife Leistung geboten. Hört sich enorm an, wenn er loslegt. So ganz von Mann zu Mann, ohne alle Umschweife. Bei seinem Aussehen nimmt man's ihm auch glatt ab. Erst hinterher dämmert einem so langsam, daß er überhaupt nichts von sich gegeben hat.«

Ich nahm Greg mit, dazu noch einen von Kappers Technikern namens Dober. Empfangen wurden wir von einem Sekretär, einem gelangweilten, ziemlich geleckten jungen Mann, der uns in eine kleine Bibliothek im Erdgeschoß führte und uns eine, wie er es nannte, »Würdigung Seiner Exzellenz« verpaßte, während Greg und Dober schon die Scheinwerfer aufbauten. Der Klang seiner Stimme ließ keinen Zweifel daran, daß er uns als ein unvermeidliches Übel ansah – wie etwa Elektriker oder Innendekorateure.

»S. E. geben sich gern völlig zwanglos«, erklärte er, »innerhalb gewisser Grenzen natürlich.«
Ich betrachtete ihn kühl. »Ich habe nicht die Absicht, ihn mit Ponty anzureden, falls Sie das befürchten.«
Der Sekretär lächelte matt. »Sehr wohl, Mr. Tennel.«
Er beobachtete Dober, der ein paar Möbel hin und her schob. »Hätten Sie vielleicht die Güte, S. E. hinter den Schreibtisch zu setzen«, sagte er. »S. E. stützen sich gern auf etwas Stabiles.«
Kein Wunder bei seinem Ruf, dachte ich.
Der Posten als Prokurator von Judäa war ein Abstellgleis; hier hatte schon manche politische Karriere ihr Ende gefunden. So war denn auch niemand überrascht, als man Pontius Pilate dahin abschob. Das Amt war ihm auf den Leib geschneidert oder, besser gesagt, auf den Charakter: seine Eitelkeit, seine Arroganz, seinen unausrottbaren Wankelmut, die lange Spur schwerwiegender diplomatischer Schnitzer, die er hinterlassen hatte, und, natürlich, seine unglückliche Ehe. Nachdem er sich jahrelang auf Glatteis bewegt hatte, durchgehechelt von Bekannten, verachtet von der Öffentlichkeit, konnte es kaum verwundern, daß er überall Halt suchte, selbst an einem Schreibtisch, solange ihm nur die Illusion von Geborgenheit blieb.
»Wenn du willst, Kumpel, setzen wir ihn sogar hinter Gitter«, sagte Greg.
Schlank und hochgewachsen, mit blonder Haartolle und Sommersprossen quer über dem Nasenrücken, sah Greg Dekka trotz seiner sechsundzwanzig Jahre immer noch aus wie frisch aus der Schule. Sein freches Mundwerk ließen wir uns gefallen, weil er über eine ganz ausgezeichnete Kameratechnik verfügte.
Der Sekretär musterte ihn mit einem angewiderten Blick und neigte den Kopf. »Das dürfte sich erübrigen, danke.« Er schaute auf seine Uhr. »S. E. haben einen

arbeitsreichen Tag vor sich«, bemerkte er. »Falls Sie also fertig sind ...«
Dober schaltete die Beleuchtung ein, und der Raum erstrahlte in voller Helle. Greg überprüfte seine Meßgeräte, regulierte ein paar Einstellungen und nickte zum Zeichen, daß er die Beleuchtung nicht mehr brauche. »Okay«, sagte er. »Knöpfen wir uns den Burschen vor.«
Der Sekretär holte S. E. herein und stellte uns vor. Pilate reichte uns die Hand und bedachte uns mit einem Lächeln, das offenbar sein Prunkstück im Umgang mit der Öffentlichkeit war. Und tatsächlich, da hatte Kapper völlig recht, bei seinem Aussehen nahm man's ihm glatt ab. Mitte Fünfzig, untersetzt und aufrecht, in dunklem Straßenanzug und weißem Hemd mit dem begehrten blauen und goldenen Binder der Prätorianer-Garde, wirkte er wie ein Muster an Autorität, ein Eindruck, der noch unterstrichen wurde durch das silbergraue, in Wellen zurückgekämmte Haar und die gerade römische Nase, über der sich eine breite Stirn wölbte. Sah man ihn auf dem Bildschirm, etwa in der Totale anläßlich irgendeines Staatsaktes oder kurz im Profil bei einer Gipfelkonferenz, so verbürgte seine körperliche Erscheinung noch ein gewisses Maß an Gewicht. Doch bei der persönlichen Begegnung oder auch in der Nahaufnahme verrieten ihn seine Augen. Sie waren braun, etwas zu klein für sein Gesicht und hatten einen verschlagenen Ausdruck. Aber es war nicht die Verschlagenheit des mit allen Wassern gewaschenen Unterhändlers, der es gewohnt ist, selbst bei schlechtem Blatt die Siegesprämie einzustreichen – es war die Verschlagenheit des ewigen Versagers. Man konnte meinen, in diesem so würdevollen Körper stecke, eingepfercht in ein Gefängnis aus Furcht und Unreife, ein dreizehnjähriger Knabe, der voller Beklemmung in die Welt starrt. Wenn dieser Mann Fragen stellte, so tat er es

nicht, um der Wahrheit auf den Grund zu kommen, sondern um sich aus einem Dilemma herauszuwinden. In einer Krise würde er wie blind herumtappen, um dann beim ersten trivialen Anlaß mit der Faust auf den Tisch zu donnern.

Wir bugsierten ihn hinter seinen Schreibtisch, die überladenen Bücherregale als Kulisse. Eine kurze Verständigungsprobe schloß sich an, dann wurde die Beleuchtung eingeschaltet, das Interview nahm seinen Anfang.

»Lord Pilate«, sagte ich, »möchten Sie sich zu der jüngsten Krise äußern?«

Die Anrede tat ihm offensichtlich wohl. Er lächelte gelöst und strahlte Zuversicht aus. »Sehr gern, Mr. Tennel. Doch handelt es sich hier keineswegs um eine Krise, wissen Sie. Alles ist unter Kontrolle. Es besteht kein Anlaß zu irgendwelcher Beunruhigung. Aber ganz und gar nicht.«

»Schön, das zu hören. Allerdings gibt es da noch dieses Gerücht über Davidson . . .«

Er schnitt mir sofort den Faden ab. »Davidson ist tot. Tot und begraben. Es besteht also keinerlei Veranlassung, sich weiter mit ihm zu befassen.«

Aber so leicht ließ ich mich nicht abschütteln. »Es wird getuschelt, daß er wieder am Leben ist.«

In seinem Lächeln zeigte sich ein Hauch belustigter Nachsicht. »Wieder am Leben? Aber, Mr. Tennel, ich bitte Sie. Sie wissen doch recht gut, daß . . .«

»Nun, sagen wir: noch am Leben.«

Er beugte sich vor und preßte seine Hände gegen die Schreibtischplatte. Sein Gesicht war plötzlich ernst. »Mr. Tennel, die Exekution des Jesus Davidson wurde von Soldaten der Zehnten Legion durchgeführt, und das sind keine Stümper, wie Sie wohl wissen. Sie gehören zu den Besten in der Römischen Armee. Wenn die einen Mann töten, dann ist er tot und bleibt es auch.«

»Ich bin durchaus Ihrer Meinung. Dieses hartnäckige Gerücht allerdings . . .«
»Aber gewiß doch, lieber Freund.« Prompt hatte er sich wieder das Lächeln übergestülpt. »Das ist nun mal Jerusalem. Typisch für den Nahen Osten. Hier lebt man von Gerüchten. Für diese Menschen ist das Fleisch und Brot. Hinzu kommt, daß sie sich gerade mitten in einem bedeutenden religiösen Fest befinden. Die Juden sind ein sehr gefühlvolles Volk. Sie können sich's also an den zehn Fingern abzählen, Mr. Tennel. Selbstverständlich ist die Luft voller Gerüchte, und es gibt darunter so manche von ganz eigenem Reiz. Aber wenn man hier so lange gelebt hat wie ich, dann zerbricht man sich nicht weiter den Kopf über derartige Basar-Schwätzereien.«
Ich nickte ihm aufmunternd zu. Nicht, daß er's nötig hatte. Hätte er als Staatsmann auch nur zur Hälfte das Format gehabt wie als Schauspieler, so wäre er nie in Gefahr geraten, auf dem politischen Abfallhaufen Jerusalem zu landen.
»Und wie beurteilen Sie den Zwischenfall, der sich heute morgen am Grabe ereignete?«
Wie erwartet hoben sich seine Augenbrauen. »Ich fürchte, ich begreife nicht ganz, Mr. Tennel.«
»Das Erdbeben und so weiter.«
»Ach, das.« Wieder zeigte er sein Lächeln her, maßvoll abschattiert zu höflichem Desinteresse. »Kurz vor Morgengrauen gab es eine leichte Erschütterung, soviel ich weiß. Wie in dieser Jahreszeit nun mal üblich. Daran ist weiter nichts Besonderes.«
»Es heißt, es habe sich um ein ziemlich schweres Beben gehandelt.«
»Oh, wirklich? Nun, ich selbst habe davon nichts gespürt.«
»Da Sie zweifellos den Schlaf des Gerechten schliefen.«

Es war der erste Nadelstich, und er behagte ihm gar nicht. Das gelangweilte Lächeln verschwand, in die Augen trat ein wachsamer Ausdruck. Ich hoffte, daß Greg ihn so in Großaufnahme einfangen konnte.
»Äh – gewiß«, sagte er, und seine Stimme klang nicht gerade beglückt.
Ich entschloß mich, tiefer zu bohren. »Und doch war, wie es heißt, das Beben schwer genug, um das Grab aufzusprengen.«
»Oh, wirklich? Wie unangenehm.«
Es war schon enorm, wie er das hinkriegte, da saß jede Silbe. Wenn ich so weitermachte wie bisher, würden die Zuschauer mich für einen Folterknecht halten. Ich versuchte es mit einem anderen Dreh. »Möchten Sie vielleicht zum Verhalten der Grabwache Stellung nehmen?«
Er hob die Schultern. »Es war – mißlich.«
Er sah mich hilfesuchend an, aber ich dachte nicht daran. Ich saß da und schwieg, wohl wissend, daß er sich durch mein Schweigen zum Sprechen gedrängt fühlen würde. Es ist dies die wichtigste Faustregel beim Interviewen. Eine kurze Antwort bringt fast jeder zustande. Aber in aller Seelenruhe sitzen zu bleiben und kein Wort weiter zu sagen, dazu gehört schon ein enormes Selbstvertrauen – mehr Selbstvertrauen, als Pilate besaß. Nach ein, zwei Sekunden sagte er: »Nicht unsere Männer, natürlich. Die jüdische Armee, meine ich. Prächtige Burschen, einer wie der andere. Nur ein bißchen – nun ja, unerfahren.«
»Wollen Sie sagen, daß sie in Panik gerieten?«
»Panik ist ein starkes Wort. Zu stark, finde ich. Nennen wir es lieber ein – Durcheinander.«
»Lord Pilate, war es denn überhaupt nötig, eine Wache abzustellen, für einen toten Mann?«
Er lehnte sich zurück und ließ sich Zeit.

»Eine interessante Frage.«
»Und die Antwort?«
»Ich fürchte, daß die Antwort recht komplex ist. Weitgehend handelt es sich hier um eine religiöse Angelegenheit.«
»Inwiefern kommt hier die Religion ins Spiel? Ich nahm an, Jesus Davidson sei ein politischer Gefangener gewesen und wegen Hochverrats hingerichtet worden.«
»So ist es auch, in der Tat. Er gab sich für den König der Juden aus. Ein schwerwiegender Fehler, denn dadurch wurde er zur unmittelbaren Bedrohung für die Sicherheit des Staates. Ich ließ ihm jedwede nur erdenkliche Unterstützung zuteil werden, soweit es sich darum handelte, ihm die Möglichkeit zur Rechtfertigung zu geben. Ich tat schier mehr, als eigentlich zulässig war. Aber es hatte alles keinen Zweck. Er beharrte auf seinem Anspruch, ein König zu sein, und verbaute sich damit jeden Ausweg. Schließlich blieb mir gar keine andere Wahl, als den Hinrichtungsbefehl zu unterzeichnen.«
Jetzt begriff ich, warum er in das Interview eingewilligt hatte. Während er so saß, vorgebeugt und den Blick tiefernst in die Kamera getaucht, sah ich ihn plötzlich mit seinen eigenen Augen – den gewissenhaften, überaus menschlichen Sachwalter, der selbst in schwierigster Lage keine Mühe scheut, jedermann Gerechtigkeit widerfahren zu lassen, und der, lieber noch, Gnade vor Recht ergehen läßt. Doch dann blickte ich ihm in die Augen, und das von ihm entworfene Kolossalgemälde verschwamm kläglich.
»Und die religiöse Seite der Angelegenheit?« fragte ich.
»Ja, richtig. In dieser Hinsicht war er wohl so eine Art Fanatiker. Die ganze Angelegenheit wurde dadurch recht – äh – heikel.«
Er beobachtete mich nervös, und in seinen Augen las

ich die Bitte, die Geschichte doch endlich auf sich beruhen zu lassen.
»Inwiefern denn?« fragte ich.
»Nun, er behauptete nicht nur, König zu sein, sondern auch, na ja, Gott.«
»Verstehe.«
»Äußerst peinlich für alle Betroffenen. Besonders für seine Gnaden, den Hohen Priester.«
»Lord Caiaphas?«
Er nickte. »Eine recht abscheuliche Affäre für ihn, wie Sie sich sicher denken können.«
So, das war es also, dachte ich. Kirche gegen Staat. Caiaphas hatte Pilate die Pistole auf die Brust gesetzt, und der junge Davidson hatte ins Gras beißen müssen, damit der Römer sein Gesicht wahren konnte.
»Sie sagen, er behauptete, Gott zu sein?«
»Ganz recht«, sagte Pilate, »darum auch die Grabwache.«
»Entschuldigen Sie, wenn ich mich etwas dumm anstelle, aber was heißt: Darum auch die Grabwache?«
»Das liegt doch auf der Hand, meine ich. Der Hohe Priester bestand darauf. Sehen Sie, Mr. Tennel, wenn man einen Menschen tötet, na schön. Wenn man aber Gott tötet, so sieht die Sache schon etwas anders aus, da gilt es, gewisse Vorsichtsmaßnahmen zu ergreifen. Wer garantiert einem denn, daß er auch tot bleibt? Am besten läßt man sein Grab bewachen.«
»Und erstickt jedes Gerücht über eine Wiederauferstehung im Keim?«
»Genau.« Ein breites Lächeln saß auf seinem Gesicht, ganz von Mann zu Mann, ohne jegliche Umschweife. Selbst seine Augen lächelten, als habe ihm der hemmungslose Zynismus seiner Worte frische Kraft und neues Selbstvertrauen eingeflößt.
»Lord Pilate«, sagte ich ruhig und unterdrückte den

emporsteigenden Ekel, »welchen Eindruck hat Jesus Davidson auf Sie gemacht?«
Sein Lächeln verschwand abrupt. »Er tat mir leid«, erwiderte er. »Hatte schon das Zeug zu was, war aber zu labil.«
»Wollen Sie damit sagen, daß er nicht bei Verstand war?«
Er schüttelte den Kopf. »Soweit würde ich nicht gehen. Aber irgend etwas an ihm befremdete mich – so eine Art Fatalismus – wie von allem abgeschieden.«
»Todessehnsucht vielleicht?«
»So etwas Ähnliches. Sehen Sie, er unternahm keinerlei Versuch, sich zu verteidigen. Ich wollte ihm den Ernst seiner Lage klarmachen, aber er erschien sonderbar unbeteiligt. Stand nur so da und sah mich an und sagte nichts.«
»Sicher hatte er Angst.«
»Nein, er hatte keine Angst. Das hätte alles leichter gemacht. Jedenfalls normaler. Aber er zeigte keine Spur von Angst. Nur müde war er und so – so abgeschieden. Als sei er schon längst am Ziel seiner Reise angelangt, als seien Prozeß und Hinrichtung reine Nebensächlichkeiten – wie das mechanische Zuschlagen der Tür, bevor man sich zum Schlafen hinlegt. Als er mich so ansah, überkam mich das eigentümliche Gefühl, daß er bedauerte.«
»Was? Seine Straftaten?«
»Nein«, erwiderte Pilate kläglich, »mich.«
Auf seiner Stirn lag ein feuchter Glanz, und ich wußte, daß es nicht nur die Scheinwerferhitze war, die ihm den Schweiß aus den Poren trieb.
»Es war völlig absurd«, fuhr er fort, und in seine bislang tiefe Stimme mischte sich plötzlich ein schriller Klang. »Er schien überhaupt nicht zu begreifen, daß er sich völlig in meiner Gewalt befand. Daß es nur eines Wortes von mir bedurfte, um aus ihm einen to-

ten Mann zu machen.« Mit bleichem und verkniffenem Gesicht lehnte sich der Generalgouverneur vor. »Mir blieb keine Wahl, Mr. Tennel. Überhaupt keine Wahl. Ich habe für ihn alles getan, was in meiner Macht stand.« Hier, endlich, zeigte sich der Mensch, wie er wirklich war, ohne übergestülpte Maske; der tief verstörte Knabe, der sich hinter einer pompösen Außenfront verkrochen hatte.

»Es ist nicht leicht, einen Menschen zum Tode zu verurteilen«, brachte er mühsam hervor.

Besonders, wenn es sich um einen jungen Menschen handelt, dachte ich, und wenn man weiß, daß dieser junge Mensch unschuldig ist.

»Aber manchmal läßt sich das eben nicht umgehen«, sagte ich.

Dankbar grabschte er nach dem Strohhalm. »Das Wohl des Staates steht obenan, Mr. Tennel. Koste es, was es wolle.«

Solange jemand anders dafür zahlen muß, dachte ich. Jemand ohne Einfluß und ohne Freunde in hohen Ämtern.

»Ich weiß das zu würdigen«, versicherte ich. »Ich glaube, wir alle wissen das zu würdigen.«

»Darauf baue ich«, antwortete er, ganz dem unsichtbaren Publikum zugewandt, vor dem er ein Plädoyer in eigener Sache hielt. »Ich baue fest darauf, daß ein jeder sich klarmacht, wie gefährlich die Lage war. Ohne das entschlossene Durchgreifen würden wir jetzt in einer ernsten Krise stecken.«

»Gut zu wissen, daß es Männer gibt wie Sie«, beteuerte ich. Ich spielte sein Spiel in der Hoffnung, daß die Zuschauer hinter die Fassade aus hochtönenden Worten blicken würden. »Aufrechte, integre Männer, die nicht davor zurückscheuen, ihre Pflicht zu tun, so schwer sie das auch immer ankommen mag.«

Für einen kurzen Augenblick fürchtete ich, zu dick aufgetragen zu haben. Er musterte mich mit einem raschen, mißtrauischen Blick. Aber seine Eitelkeit überwog alle Zweifel, und er brachte ein durchaus überzeugendes Lächeln zustande. »Vielen Dank, Mr. Tennel.«

»Die Ordnung ist also wiederhergestellt?«

»Oh ja«, erwiderte er erleichtert. »Das läßt sich wohl mit einiger Bestimmtheit behaupten.«

»Dennoch will dieses hartnäckige Gerücht nicht verstummen.«

»Gerüchte zählen nicht, Mr. Tennel. Einzig Tatsachen. Und Davidsons Tod ist eine Tatsache.«

»Sie meinen, die Affäre Davidson ist damit abgeschlossen?«

»Ja, das meine ich.« Er gab sich alle Mühe, seiner Stimme einen zuversichtlichen Ausdruck zu geben, aber ich war sicher, daß seine Worte niemanden überzeugen würden.

»Herzlichen Dank für das Gespräch, Lord Pilate. Herzlichen Dank für Ihr Entgegenkommen.«

Über meine Schulter hinweg blickte er zur Kamera, jeder Zoll ein Vizekönig – milde und nachsichtige Autorität, gespeist aus einem tiefen Verständnis für die Sorgen des einfachen Menschen. »Es war mir ein Vergnügen, Mr. Tennel.«

Wir entschlossen uns, zum Grab hinaus zu fahren, um dort einige Aufnahmen zu machen. Auf dem Wege dahin hielten wir vor einer kleinen Bar in der Davidstraße und bestellten uns Whisky.

»Tolles Desinfektionsmittel, dieses Zeug«, meinte Greg. »So nach und nach fühle ich mich wieder sauber.«

»Als ich ihn in der Mache hatte, wie hattest du ihn denn da? Großaufnahme?«

Greg nickte. »Mann, was für ein Schaumschläger. Die

reine Zahnpastareklame. Ein Lächeln für jede Gelegenheit.«
Wir bestellten eine zweite Lage.
»Den Davidson hätt' ich gern kennengelernt«, erklärte Dober. »Wer gegen diesen Pilate ist, ist mein Kumpel.«
»Meiner auch«, stimmte Greg zu. »Leider ist es zu spät.«
Ich blickte auf die goldene Flüssigkeit in meinem Glas. In manchen Teilen des Imperiums nannte man sie Wasser des Lebens und war überzeugt, daß ihr Geschmack der Geschmack der Unsterblichkeit sei.
»Ja«, sagte ich. »Leider.«

4

Aus dem Monitor blickten mich die verschlagenen kleinen Augen unsicher an. »Es war mir ein Vergnügen, Mr. Tennel«, sagte Pilate.
Ich wandte mich der Kamera zu und nahm meinen Kommentar wieder auf.
»Soweit also die Ansicht des Generalgouverneurs zur gegenwärtigen Lage. Alles ist normal. Kein Grund zur Aufregung. Davidson ist tot, die Krise überstanden. Recht beruhigende Worte, und es gibt hier wohl niemanden, der ihnen nicht Glauben schenken möchte. Aber Tatsache ist nun mal, daß der Tote verschwunden ist. Das so sorgsam verschlossene und bewachte Grab ist leer ...«

Das Grab, eigentlich ein Grabmal, befand sich auf einem Privatgrundstück vor den Toren der Stadt. In einem friedvollen, mit Bäumen, Gras und kleinen Frühlingsblumen bewachsenen Garten erhob sich ein recht protziges Gebäude, ein kleines Mausoleum aus Marmor im griechischen Stil. Stufen führten empor zur Säulenhalle, auf der das Dach ruhte. Die massive Steinplatte, die den Eingang verschlossen hatte, war aus den Fugen gesprengt, in zwei Säulen zeigten sich bedrohlich tiefe Risse, ein Teil der Dachziegel fehlte.

Greg pfiff durch die Zähne. »Schau dir das bloß an, Cass. In Jerusalem muß man sich aufbaumeln lassen. Bei uns leistet man sich diesen Luxus nicht für einen Verbrecher. Ein Loch im Gefängnishof, ein paar Säcke Ätzkalk, und fertig ist die Kiste.«

Das Gelände war mit Seilen abgesperrt, vor denen sich kleine Gruppen von Neugierigen drängten. Sie begafften das Mausoleum und warfen ab und zu verstohlene Blicke auf die Soldaten. Greg ließ seine Kamera surren. Ein oder zwei Zuschauer verdrückten sich, um nicht ins Bild zu geraten, aber die übrigen blieben stehen und blinzelten unsicher in die Kamera.

Wir kletterten über das Seil und steuerten auf einen Jeep los, wo ein Offizier mit dem Wachsergeanten sprach. Als er uns bemerkte, brach er sofort ab und musterte uns mit einem mürrischen Blick.

»Ja?«

Er war ein zäher, ledriger Bursche mit großer Hakennase und dicken Lippen, dessen grobe Haut von der Wüstensonne gebräunt war. Die Khakiuniform saß ihm wie angegossen, auf dem Hemd schimmerten zwei Reihen Ordensbänder, Zivilisten paßten ihm offensichtlich nicht in den Kram.

»Guten Morgen, Herr Major«, grüßte ich. »Wir sind von der KFG.«

»Mir egal, wo Sie her sind«, war seine Antwort. »Hier haben Sie jedenfalls nichts zu suchen. Hier ist Sperrgebiet, und ich muß Sie bitten, sich umgehend zu entfernen.«

Er machte auf dem Absatz kehrt und sagte etwas zu dem Sergeanten, der vor ihm salutierte und in Richtung Mausoleum abmarschierte. Ich überflog die Namensliste, die Kapper mir gegeben hatte. »Ich suche einen Major Sanballet«, sagte ich.

Er drehte sich rasch zu mir um. »Das bin ich.«

Ich nickte. »Mein Name ist Tennel. Wir kommen gerade vom Generalgouverneur, mit dem wir uns über den Vorfall von heute morgen unterhalten haben. Sie waren doch wohl der verantwortliche Wachkommandant, nicht wahr?«
»Stimmt.«
»Nun, dann hätte ich ein oder zwei Fragen an Sie.«
Er funkelte Greg an, der an seiner Kamera rumhantierte. »Eine offizielle Angelegenheit?«
Ich lächelte. »Mehr oder weniger. Wir arbeiten gerade an einer Sendung über . . .«
»Von mir hören Sie kein Wort.«
»Heißt das, daß Sie etwas zu verbergen haben, Herr Major?«
»Nein, das heißt es nicht.«
»Na aber«, sagte ich, »dann ist das Ganze doch kein Problem.«
Er zog seine dicken Augenbrauen zusammen und maß mich mit einem finsteren Blick. Ich war drauf und dran, Haltung anzunehmen, beherrschte mich aber noch rechtzeitig.
»Hören Sie mal, Herr Wie-heißen-Sie-überhaupt, ich habe . . .«
»Tennel. Cass Tennel. Es geht ganz rasch. Fünf Minuten. Höchstens zehn.«
»Daraus wird nichts, Mr. Tennel.«
»Wirklich nicht?«
»Wirklich nicht.«
Ich nickte. »Nun, das ist Ihre Sache. Hoffentlich bringt der Generalgouverneur für Ihre Weigerung Verständnis auf, ich sehe mich dazu leider nicht in der Lage.«
Seine Augen sprühten vor Zorn. »Daher weht also der Wind.«
»Jawohl, Herr Major, genau daher.«
Einen Augenblick stand er stumm da. Der Offiziers-

stock in seiner Hand pendelte hin und her, klatschte dann in gedämpftem Takt gegen das rechte Bein.

»Ich schätze es nicht, wenn man mir die Pistole auf die Brust setzt, Mr. Tennel.«

»Tut mir leid, Herr Major. Aber ich habe meine Befehle. Genau wie Sie.«

»Sie sind unbefugt in Sperrgebiet eingedrungen. Dafür könnte ich Sie einsperren lassen.«

»Aber das werden Sie hübsch bleiben lassen.« Ich lächelte ihm zu. »Ihr Wachkommando hat sich heute morgen nicht gerade mit Ruhm bekleckert. So sieht es jedenfalls nach außenhin aus. Ich gebe Ihnen hiermit die Möglichkeit, die Sache wieder auszubügeln. Was meinen Sie, wie hübsch sich das macht, wenn ich morgen abend, unmittelbar nach dem Interview mit dem Generalgouverneur, den Zuschauern mitteile, daß Sie, Herr Major, eine Stellungnahme glattweg abgeschlagen haben?«

Er nickte.

»Also gut. Aber machen Sie's kurz.«

Dober hatte das Tonbandgerät auf die Motorhaube des Jeeps gestellt. Ich nahm das Mikrophon und nickte Greg zu. Als die Kamera lief, sagte ich: »Berichten Sie uns doch bitte, Herr Major Sanballet, was hier heute früh vorgefallen ist.«

»Ein Erdbeben. Um vier Uhr früh.«

»Ein schweres Erdbeben, würden Sie es so bezeichnen?«

»Ich habe schlimmere erlebt.«

»Sie haben die Auswirkungen also an Ort und Stelle beurteilen können?«

»Nicht direkt. Ich befand mich um diese Zeit gerade im zentralen Wachraum.«

»Also überhaupt nicht hier, sondern in den Kasernen?«

»Jawohl.«

»Hm, verstehe«, sagte ich langsam.

Er funkelte mich an. »Als Wachkommandant war es meine Pflicht, mich dort aufzuhalten.«
»Zweifellos. Und wer befehligte die Wache hier am Grabe?«
»Sergeant Backra. Hauptmann Yakoub, der Ordonnanzoffizier, war gleichfalls anwesend.«
»Wohl auf einem Kontrollgang?«
»Jawohl.«
»Aha. Könnte ich vielleicht ein paar Worte mit dem Herrn Hauptmann wechseln?«
»Leider unmöglich.«
»Wieso? Hat es damit eine besondere Bewandtnis?«
»Er ist – nicht verfügbar.«
»Oh? Verletzt?«
»Nein.«
»Hm. Verstehe. Wie verhält es sich mit Sergeant Backra und den übrigen Soldaten der Grabwache?«
»Nicht verfügbar.«
»Es gab also doch, sagen wir, Ärger?«
»Kein Ärger«, erwiderte er steif.
»Aber es wird welchen geben.«
»Keine Ahnung, was Sie meinen.«
Er sprach abgehackt, jedes Wort ein kurzer, explosiver Knall. Ich führte ein Interview mit einer Maschinenpistole.
»Stimmt es, daß unter den Männern eine Panik ausbrach?« fragte ich weiter.
»Gewiß nicht.«
»Nein?«
»Nein. Keine Panik.«
»Nun, Herr Major«, sagte ich, »was war es denn sonst, wenn schon keine Panik? Fest steht doch, daß irgend etwas schief ging. Was?«
»Dazu kann ich mich nicht äußern«, stieß er heftig hervor.

»Verstehe.«
Seine zusammengekniffenen Brauen waren zwei düstere Sturmwolken. »Geheimhaltungsvorschrift. Sie werden das Ergebnis der amtlichen Untersuchung abwarten müssen. Tut mir leid.«
Ich lächelte. »Sie brauchen sich nicht zu entschuldigen, Herr Major. Sie haben mein volles Verständnis, wie sicher auch das unserer Zuschauer. Wer«, fuhr ich eilig fort, ehe er mich unterbrechen konnte, »wer hat Ihnen den Vorfall eigentlich gemeldet?«
»Vorfall? Welchen Vorfall?«
»Das Erdbeben. Was sonst?«
»Hauptmann Yakoub. Über Sprechfunk.«
»Schien er Ihnen etwas mitgenommen?«
»Er war natürlich besorgt.«
»Worüber?«
»Das Wohl seiner Leute.«
»Nicht auch wegen des aufgesprengten Grabes?«
»Deswegen auch«, erwiderte er steif.
»Da hat's ja auch ganz schön reingehauen.«
»Jawohl.«
»Sie eilten natürlich auf kürzestem Wege her. Wie war die Lage?«
»Nichts Besonderes. Sergeant Backra hatte die Leute zusammengerufen. Alles war ruhig.«
»So«, sagte ich. »Nichts Besonderes. Aber Sergeant Backra mußte die Leute erst zusammenrufen. Als Sie dann auf der Bildfläche erschienen, war alles wieder normal?«
»Völlig normal.«
»Das Grab war allerdings leer?«
Er stockte. Das Maschinengewehr hatte eine kurze Ladehemmung.
»Ja«, sagte er schließlich. »Es war leer.«
»Sie haben das natürlich überprüft?«

»Selbstverständlich.«
»Könnten wir uns da drin mal ein bißchen mit der Kamera umsehen?« fragte ich.
»Fürchte, nein. Einsturzgefahr. Das Dach kann jeden Augenblick runterkommen.«
»Möglich«, sagte ich. »Eigentlich komisch, ein richtiges Grabmal, für einen Verbrecher?«
»War für jemand anders bestimmt.«
»Oh? Für wen denn?«
»Hochwürden Joseph. Den Rabbi von der Arimathea.«
»Gehörte er zu Davidsons Anhängern?«
»Wenig wahrscheinlich. Er ist Mitglied des Sanhedrins.«
»Tatsächlich? Ein einflußreicher Mann also?«
»Jawohl.«
»Und ein Mann in seiner Position sorgt dafür, daß ein Verräter ein anständiges Begräbnis erhält?«
»Scheint so.«
»Eigenartig, nicht?«
»Vielleicht.«
Er beäugte mich wachsam. Auf ein Zeichen von mir nahm Greg ihn voll aufs Korn. Großaufnahme.
»Als Sie eintrafen, war der Leichnam verschwunden?«
»Das habe ich Ihnen bereits gesagt.«
»Und wie erklären Sie sich dieses Verschwinden, Herr Major?«
Er blickte ärgerlich in die Kamera. »Das steht alles in meinem Bericht«, sagte er und preßte die Lippen aufeinander, als wolle er seinen Mund ein für allemal versiegeln.
»Wer wollte das bezweifeln, Herr Major«, erwiderte ich und ließ mit Bedacht einige Sekunden verstreichen, ohne allerdings wirklich darauf zu hoffen, daß mein alterprobter Trick bei ihm wirken würde. Diesem Mann war Disziplin in Fleisch und Blut übergegangen, wortlos verrinnende Zeit beunruhigte ihn nicht im mindesten.

»Herr Major«, fuhr ich schließlich fort. »Was ist Ihre Meinung über Jesus Davidson?«
Er war darauf vorbereitet. »Ich bin Soldat«, erwiderte er. »Und als Soldat habe ich keine eigene Meinung.«
»Gewiß. Als Soldat nicht. Aber als Jude. Und als Jude haben Sie sich gewiß eine Ansicht gebildet von dem Mann, der es gewagt hat, sich selbst Gott zu nennen.«
»Das ist eine Blasphemie«, sagte er barsch.
»Sicher«, räumte ich ein. »Aber wie kam er dazu?«
»Er war ein Verrückter.«
»Nichts weiter als ein Verrückter?«
»Sie haben mich richtig verstanden.«
»Hm«, machte ich. »Klingt direkt wie eine Grabinschrift: ›Er war ein Verrückter.‹«
»Wie Sie belieben.«
»Soll es tatsächlich eine Grabinschrift sein? Ich meine, sind Sie wirklich von seinem Tod überzeugt?«
Er sah mich zornig an. »Völlig überzeugt.«
»Nun ja«, sagte ich. »Haben Sie herzlichen Dank, Herr Major.«
Wir wuchteten unsere Utensilien über das Seil und verstauten sie im Wagen. Greg fischte seine Zigaretten hervor, und wir qualmten schweigend vor uns hin.
»Redselig wie ein Regenwurm, dieser Herr Major«, meinte Greg. »Möcht mal wissen, was der in seinem Bericht zu melden hat.«
»Tja, wer weiß«, sagte ich. »Jedenfalls hat's den Brüdern da oben ganz schön die Petersilie verhagelt.«

5

Der Sanballet auf dem Monitor war der Sanballet, wie er leibte und lebte, römischer als ein Römer, Musterbild eines alten Kommißkopfes. Wie auf dem Truppenübungsplatz stand er da und schien Parade abzunehmen samt dazugehörigem Trommelwirbel und Beckenschlag. Sein abschließendes ›Völlig überzeugt!‹ krachte hervor wie ein donnernder Befehl und diente mir als willkommenes Stichwort.

»Nun«, sagte ich auf einen Wink des Aufnahmeleiters, »in der Stadt ist man keineswegs so völlig überzeugt. Vielmehr hat sich das Gerücht noch verstärkt, da mehr und mehr Pilger zum Grab hinauswandern und tief in Gedanken wieder zurückkehren. Das ging nun den ganzen Morgen so, und in den winkligen Straßen und auf den Plätzen staute sich die Spannung.

Kurz vor Mittag beriefen Seine Gnaden, Lord Caiaphas, Hoher Priester der Judenheit, den Sanhedrin zu einer außerordentlichen Sitzung ein. Der Sanhedrin besteht aus einer Anzahl von Priestern im Kabinettsrang, wie man es nennen könnte. Gestützt auf das ungeheure Ansehen, das das uralte Mosaische Gesetz im Volk genießt, bildet der Sanhedrin im Lande den machtvollsten kirchlichen Block, der das religiöse wie auch das soziale Leben der Nation mit absoluter Autorität beherrscht.

Die Sondersitzung fand im Tagungsraum des Palastes statt. Presse und Fernsehen waren nicht zugelassen. Das konnte uns jedoch nicht davon abhalten, mit unseren Kameras wenigstens vor dem Palast zur Stelle zu sein, und wir hatten das Glück, nach der Sitzung ein Mitglied des Sanhedrins interviewen zu können . . .«

Auf der Fahrt durch die Stadt wurde uns bewußt, daß in den Straßen die Erregung mehr und mehr stieg. Die Geschäfte waren geöffnet, und überall drängten sich Menschen, doch niemand schien etwas zu kaufen. An fast jeder Ecke fanden sich, hart am Rande des Pflasters, ganze Menschentrauben; aber keiner rief, keiner winkte oder nickte dem anderen zu; jeder stand stumm, als warte er auf etwas Besonderes, auf eine Prozession vielleicht. Auf der Straße unterhalb der Palastterrasse hatte sich eine große Menschenmasse angesammelt, die das Eintreffen der Priester verfolgt hatte und jetzt auf ihr Wiederauftauchen wartete. Überall standen Polizisten herum, abgebrühte, tüchtige Burschen in Khakiuniform mit großen Dienstrevolvern am Koppel. Aber es gab wenig für sie zu tun. Die Leute verhielten sich ruhig, eher angespannt als aufsässig, erwartungsvoll und auch ein wenig furchtsam. Während wir in unserem Wagen langsam an ihnen vorüberglitten, überkam mich die Erinnerung an ein ganz bestimmtes, unverwechselbares Gefühl – an den Zustand, in den man versinkt, wenn eine totale Sonnenfinsternis bevorsteht.
Wir parkten am Straßenrand.
Greg machte sich mit seiner Kamera sofort an die Arbeit, filmte den Palast, die Menschenmenge und was ihm sonst noch ins Visier kam, während Dober Tonbänder und Mikrophonkabel überprüfte. Kapper hatte uns Sonderausweise verschafft, so daß man uns auf die Terrasse ließ. Dort fanden wir schon eine Anzahl von

Kollegen vor, Mordach von Syndicated International, Jim Frood von Athens Universal und noch so zwei, drei Reporter von der Lokalpresse. Sie standen ein Stück rechts von uns, winkten und nickten uns zu, machten aber nicht die geringsten Anstalten, sich uns anzuschließen. Wie alle Presseleute hegten sie gegen das Fernsehen ein instinktives Mißtrauen, und mir war nur allzu klar, daß sie gleich nach Sitzungsende losstürzen würden wie die Irren, um uns nur ja zuvorzukommen.
Bald schwangen zwei der großen Türen auf, und die Wachen standen stramm, als die Priester ins Freie heraustraten. Ich hatte im stillen gehofft, daß ihre Gewänder der prachtvollen Szenerie gemäß sein würden, aber sie waren in Zivil – schwarze Straßenanzüge und schwarze Homburger. Sie stiegen die Stufen zur Terrasse herab und drängten unwillkürlich gegeneinander, als die Reporter sie mit geschwungenen Notizbüchern und schrillen Rufen zu umschwärmen begannen. Greg nahm das ganze in Totale und wartete darauf, daß ich mich in den wimmelnden Haufen stürzen würde. Aber ich blieb stehen und ließ sie toben. Meine Rechnung, eher schon ein Vabanque-Spiel, sah anders aus. Ich hoffte auf einen Nachzügler, einen Einzelgänger, den wir uns exklusiv vornehmen konnten.
Der Zug der Priester bewegte sich längsseits über die Terrasse, speiste die kreischenden Presseleute mit bedauerndem Kopfschütteln ab und strebte dem Tor zu, das auf das Tempelgelände führte. Aus der gaffenden Menge scholl vereinzeltes Händeklatschen und ein, zwei halbherzige Buhrufe. Einen Augenblick schien es, als sollten wir völlig leer ausgehen. Doch dann sah ich ihn, meinen so sehnlich erhofften Nachzügler; unauffällig schlüpfte er durch die geöffneten Türen und stieg die Treppe herab, direkt auf uns zu. Ich riß Dober das Mikrophon aus der Hand und verlegte ihm den Weg.

»Sie gestatten doch.«
Mit einem Ruck drehte er sich zu mir herum. Ich blickte in ein gefurchtes Gelehrtengesicht mit schmalen Lippen, wallendem Bart und tiefliegenden, von Müdigkeit überschatteten Augen.
»Schalom, mein Sohn«, sagte er. Seine Stimme klang kultiviert, sanft, geprägt vom Wohllaut unzähliger Gebete. »Friede sei mit dir.«
»Schalom«, erwiderte ich.
Er setzte seinen Weg fort, aber ich blieb ihm hart auf den Fersen. »Würde es Ihnen was ausmachen, mir ein paar Fragen zu beantworten?«
Er blieb stehen und blickte an mir vorbei zu Dober und Greg. Unten auf der Straße, von der Polizei höflich dazu aufgefordert, zerstreute sich die Menge mit erstaunlicher Geschwindigkeit.
»Fragen?« erkundigte er sich. »Was für Fragen denn?«
Ich lächelte. »Nun, die erste Frage wäre die nach Ihrem Namen.«
»Mein Name ist Nicodemus«, sagte er. »Aber ich verstehe nicht ganz, inwiefern ich Ihnen ...«
»Hochwürden Jacob Nicodemus?«
»Ja. Der bin ich.«
Offensichtlich griff mir hier das Glück ein bißchen unter die Arme. Kapper hatte mir von fast sämtlichen Mitgliedern des Sanhedrin eine kurze Skizze gegeben. Bis auf ein oder zwei Ausnahmen schienen sie nach einem ganz bestimmten Gesichtspunkt ausgewählt worden zu sein: Sie waren stockkonservativ, und auf ihre blinde Gefolgschaft ließ sich selbst in Krisenzeiten bauen. Nicodemus gehörte zu den wenigen Ausnahmen.
»Nicht, daß er ein Rebell wäre«, hatte Kapper mir erläutert. »Aber er besitzt doch ein recht empfindsames, nun ja, Gewissen. Und das soll ihn schon so manchesmal in die Tinte geritten haben.«

Ich sagte: »Wollen wir nicht in den Garten gehen, Rabbi? Dort sind wir ungestört.«
Ich legte meine Hand auf seinen Ellenbogen und steuerte ihn sacht von der Terrasse weg. Greg und Dober folgten uns unauffällig. Der baumbeschattete Weg schlug einen Bogen und stieß auf einen kleinen sprudelnden Springbrunnen, der von Gras und Blumen umrahmt wurde. Ich blieb stehen, umkurvte Nicodemus, so daß er mit dem Gesicht zur Kamera stand, und gab Greg hinter meinem Rücken das Zeichen loszukurbeln.
Zur Information für die Zuschauer sagte ich: »Sie gehören dem Sanhedrin an, Mr. Nicodemus, nicht wahr?«
»Ganz recht.«
»Nun, Rabbi, dann können Sie uns sicher Aufschluß geben über den Zweck der soeben beendeten Sitzung?«
»Dazu fühle ich mich leider in keiner Weise autorisiert.«
»Stand nicht das gemeldete Wiedererscheinen von Jesus Davidson auf der Tagesordnung? Wurde vielleicht ein diesbezüglicher Entschluß gefaßt auf sozusagen politischer Ebene?«
Er schüttelte den Kopf. »Ich bin ein einfacher Priester, mein Sohn. Ich verstehe nichts von Politik.«
Sanft und nachsichtig ließ er seinen Blick auf dem Mikrophon in meiner Hand ruhen, wandte ihn dann der Kamera zu. Er wirkte so arglos und schlicht, so überaus höflich, daß ich schon mit dem Gedanken spielte, die Sache abzublasen; letzter Blick zur Kamera, wir danken Ihnen für dieses Gespräch, und in Frieden mag er dahinziehen. Wäre sein Rock auch nur eine Spur abgewetzt gewesen oder der Rand seiner Manschetten eine Idee durchgestoßen, ich glaube, ich hätt's wirklich getan. Es geht mir da nicht anders als so vielen meiner Zeitgenossen; das Dogma organisierter Religion

ist mir zuwider, für arme Priester jedoch hege ich eine sentimentale Schwäche. In Gesellschaft erhabener Kirchenfürsten empfinde ich durch und durch atheistisch, und vor der Kamera mache ich mir einen Jux daraus, ihren Hochmut vor den Fall zu bringen, aber bei diesen bescheidenen Männern in ihren zerknautschten Anzügen bleibt mir nichts anderes übrig als klein beizugeben. Da steckt irgendwas in ihnen, so eine Art durchdringender Redlichkeit, das mir unter die Haut geht und mich völlig entwaffnet. Begegne ich einem von ihnen, so möchte ich ihn am liebsten unter meine Fittiche nehmen. Es ist nicht das Gefühl irgendeiner Schuld, das mich dazu treibt, nein, ich möchte beschützen, nichts als das. Und dann spüre ich auch ein klein bißchen Neid. Die eigene Kindheit erscheint wieder vor mir – das Bilderbuch, das so lange Jahre vergessen in einem Fach unter einem Haufen von altem Papier lag, der Musteraufsatz, den ich mit dreizehn schrieb, als alles noch so logisch schien, übersichtlich geordnet in den Kategorien Schwarz und Weiß. Genau wie die armen Priester sind diese Erinnerungsstücke Zeugen für eine andere Welt, aus der wir verbannt worden sind – oder aus der wir uns selber verbannt haben.
Jacob Nicodemus erinnerte mich an jenes mir jetzt so ferne Reich. Ruhig verharrte er neben dem Springbrunnen, wie eingebettet in die Stille des Gartens; ein Landpriester. Alles an ihm schien sich in dieses Bild schlichter, geheiligter Armut zu fügen. Schien. Denn in seinen Augen lag, kaum erkennbar, aber doch eindeutig genug, ein Ausdruck recht weltlicher Weisheit, ein kluges Abtaxieren, das auch in seinen Gesichtszügen deutlich wurde. Außerdem, und das war in meinen Augen ein verdammenswertes Indiz, war seine Kleidung so ziemlich das Teuerste, was sich denken ließ.
Ich nahm einen neuen Anlauf.

»Es stimmt also, daß die Sitzung Davidsons wegen abgehalten wurde?«
»Wir sprachen über ihn.«
»Sie befaßten sich mit ihm als politischem Faktor?«
»Wir sind Priester. Daher gilt unsere Sorge eher Glaubensdingen als politischen Angelegenheiten. Das überlassen wir Rom mit allem schuldigen Respekt.«
Gut gesungen, dachte ich. Pilate wird davon allerdings Ohrensausen bekommen. Grad nach den Vorfällen vom letzten Donnerstagabend.
»Es war demnach eher der religiöse Aspekt an Jesus Davidson, der zur Debatte stand?«
»So könnte man es bezeichnen. Ja.«
»Darf man mit einer offiziellen Verlautbarung rechnen, in der aus religiöser Sicht das Phänomen der Wiederauferstehung beleuchtet wird?«
Seine Augenbrauen hoben sich.
»Das glaube ich kaum. Die Folgerungen, die aus einem solchen Ereignis zu ziehen wären, sind in theologischer Hinsicht eindeutig.«
»Inwiefern?«
»Nur Gott besitzt die Macht, den Tod zu überwinden.«
»Verstehe«, sagte ich. »Und das liegt ein für allemal fest? Gibt es da vielleicht nicht doch ein Schlupfloch, durch das . . .«
»Es handelt sich um einen unumstößlichen Glaubensgrundsatz.«
Ich lächelte. »Vielen Dank, Mr. Nicodemus. Falls also Davidson tatsächlich noch am Leben ist, so läßt das nur einen Schluß zu: Er ist Gott.«
»Er wäre Gott«, korrigierte er mich sacht und behende.
Ich nickte. »Und welche theologischen Folgerungen ließen sich daraus ziehen?«

Er blinzelte mir milde zu. »Das wäre natürlich ganz einzigartig. Beispiellos.«

»Hat man diesen Punkt heute morgen im Sanhedrin erörtert?«

»Nein, eigentlich nicht.« Er blickte zu Boden.

Ich sagte langsam: »Glauben Sie, daß er am Leben ist?«

Er versuchte ein Lächeln. Vergeblich. Er fuhr sich mit der Zungenspitze über die Lippen, und in seinen Augen flackerte ein Widerschein von Furcht. Nicht Zweifel. Echte Furcht. Die Furcht, die einen Menschen anspringt, der sein gesamtes Leben auf eine einzige Idee aufgebaut hat, der Zeit und Geist daran gesetzt hat, sie völlig zu durchdringen, und der plötzlich argwöhnt, daß er sich geirrt hat. Geirrt ohne den Glorienschein, den totales Versagen für den Gescheiterten noch abwirft, geirrt in irgendeiner offenkundig belanglosen Einzelheit, die jetzt unversehens eine Bedeutung von furchterregenden Dimensionen annahm. Mir fielen einige Zeilen aus einem hebräischen Gedicht ein, auf das ich einmal bei einer kulturellen Sendung gestoßen war:

Der Stein, den die Baumeister verwarfen,
wuchs und wuchs und wurde Fundament.

Es war, als seien sie eigens auf Nicodemus gemünzt, auf ihn und die Furcht in seinen Augen. Nein, dies war kein schlichter Landpfarrer, der ahnungslos in einer Welt herumtappte, die er nicht verstand. Nicodemus war ein kluger Mann, ein Gelehrter, der sein Gewissen nicht verleugnen konnte. Er begriff nur allzu gut, und sein Wissen verschreckte ihn tief.

»Am Leben? Aber wie kann er denn am Leben sein?« sagte er, und er richtete diese Frage weniger an mich als an sich selbst; eine metaphysische Frage, die unerwartet eine verstörende Daseinswirklichkeit angenommen hatte.

Ich überließ ihn einen Augenblick seinen quälenden Gedanken.
»Sie sollen sich am vergangenen Donnerstagabend dagegen ausgesprochen haben, Davidson den Prozeß zu machen. Stimmt das?«
»Aber keineswegs.« Der Unwille, der aus seinen Worten sprach, war echt und schien, für einen Moment jedenfalls, seine Furcht zu übertünchen. »Mir lag einzig und allein daran, einen ordentlichen und gesetzmäßigen Prozeßverlauf gewährleistet zu sehen.«
»Gewiß. Nun ist aber allgemein bekannt, daß Ihre Ansichten von der Mehrheit Ihrer Kollegen nicht geteilt wurden.«
»Im Sanhedrin steht es jedem frei, seine Überzeugung offen zu vertreten. Nur so können wir zu einem Urteil gelangen.«
»Wie es heißt, hat sich der Hohe Priester in diesem Fall Ihren Ansichten schärfstens widersetzt.«
»Wie es heißt?« wiederholte er in wohlabgewogenem gelangweiltem Tonfall.
»Mr. Nicodemus«, sagte ich, »glauben Sie wirklich, daß hier Recht gesprochen wurde – in Sachen Jesus Davidson?«
»Nach bestem Wissen und Gewissen, zweifellos.«
»Seine Verurteilung erfolgte auf Grund unumstößlichen Beweismaterials?«
»Das Beweismaterial wurde geprüft.«
Ich blickte ihn scharf an. »Danach habe ich Sie nicht gefragt, Mr. Nicodemus.«
Er runzelte die Stirn. »Ich möchte keinesfalls anmaßend wirken«, sagte er, »aber würde es Ihnen etwas ausmachen, mich nicht mehr Mr. Nicodemus zu nennen? Man spricht mich im allgemeinen mit Rabbi an.«
»Aber natürlich, Rabbi. Verzeihen Sie.«
»Vielen Dank.«

Gut gebrüllt, Löwe, dachte ich. Aber so billig kommst du mir nicht davon.
Ich sagte: »Diese Sache mit dem Beweismaterial. Reichte es wirklich zu einer Verurteilung aus?«
»Es gab viele Zeugen, die gegen ihn aussagten.«
»Und ihre Aussagen stimmten überein?«
»Im wesentlichen. Ja.«
Er machte es sich nicht leicht, soviel war klar. Wich keiner Frage mehr aus, versuchte, ehrlich zu antworten. Stand dort in der Sonne und ließ sich alles noch einmal Stück für Stück durch den Kopf gehen. Durchlebte erneut die Zweifel, die ihn beim Prozeß befallen hatten. Bedachte sorgfältig, was dort gesprochen und verworfen und entschieden worden war. Ich begriff, daß es wichtig für ihn war; nicht nur, um mich davon zu überzeugen, daß der Prozeß einen gerechten Verlauf genommen hatte; auch, um sich selbst zu überzeugen.
»Im wesentlichen«, sagte ich. »Aber doch nicht völlig?«
Er schaute zur Kamera, blickte wieder weg. »Es gab einige kleinere Widersprüche – belanglose Nebensächlichkeiten.«
»Aber vielleicht doch groß genug, um einen Unschuldigen dran glauben zu lassen?«
Es war, als hätte ich ihm einen Hieb versetzt. Er fuhr wütend auf. »Das ist eine üble Unterstellung.«
»Ich bitte um Nachsicht, Rabbi. Aber haben Sie nicht erklärt, daß er viele Zeugen gegen sich hatte?«
»Allerdings. Er hatte sich ja recht unvorsichtig verhalten.«
»Und unter all den Zeugen gab es nicht einen einzigen, der für ihn aussagte?«
»Das stimmt. Es . . .«
»Ein bißchen ungewöhnlich, Rabbi, finden Sie nicht?«
»Es bedurfte keiner Zeugen. Er überführte sich selbst.«
»Sie meinen, er legte ein Geständnis ab?«

»Es war mehr als ein Geständnis. Es war ein Bekenntnis.« Er schüttelte den Kopf. »Er sagte sehr wenig. Aber was er sagte, war verdammenswert. Danach konnte es keine Rettung mehr für ihn geben.«
»Begreife. Sie stimmten dem Urteilsspruch also zu?«
»Der Urteilsspruch wurde vom Sanhedrin gefällt.«
»Im Namen aller seiner Mitglieder?«
»Aller.«
Ich gab Greg das Signal zur Nahaufnahme. »Gab es irgend jemanden, der sich der Stimme enthielt?«
»Sie haben kein Recht zu dieser Frage.«
Wieder war die Furcht da, festgenistet in den Augen, kaum noch zu beherrschen. Ich schoß meine Frage ab: »Waren Sie es vielleicht, Rabbi? Haben Sie sich etwa geweigert, seinem Tode zuzustimmen?«
Er starrte die Kamera an wie ein Kaninchen eine Schlange. »Ja«, sagte er mit leiser Stimme. »Ich habe mich geweigert.«
Ich nickte. »Er war doch wegen Gotteslästerung angeklagt, nicht wahr?«
»Er behauptete, Gottes Sohn zu sein. Deswegen stand es auch nicht in unserer Macht, ihn zu retten.«
Ich sagte behutsam: »Wollten Sie ihn denn retten?«
»Ja.«
Das Wort schwebte still in der Luft, ein kurzer Laut des Bedauerns, der Klage fast, die langsam mit dem plätschernden Wasser des Springbrunnens verschmolz.
Ich wartete voll Bedacht ab, fragte dann:
»Besitzt Gott einen Sohn?«
»Ja, das glauben wir. Wir nennen ihn: ›Er, der da kommen wird‹.«
»Der Messias?«
»Das ist sein Name.«
»Und worin besteht der Zweck seines Kommens?«
»Uns das Leben zu bringen«, entgegnete er schlicht.

»Das Leben?« fragte ich. »Aber wir haben das Leben doch schon längst.«
Er schüttelte den Kopf und lächelte, ein warmes, unverfälschtes Lächeln. Wir bewegten uns jetzt auf einem Gelände, das ihm wohlvertraut war, er fühlte wieder festen Boden unter den Füßen. »Nein«, sagte er. »Wir haben nur die Illusion des Lebens. Eine Handvoll Jahre zwischen Geburt und Tod.«
Ich wußte nicht recht, wo uns das hinführen sollte, aber für Toplou mit seiner Kulturversessenheit war es wohl gerade das Richtige, vielleicht konnte unsere Sendung noch eine weitere Spritze vertragen.
»Eine Handvoll Jahre«, sagte ich. »Immerhin kann man schon einiges draus machen.«
»Dieser und jener vielleicht. Die Reichen, die Mächtigen; solche, die noch im Vollbesitz der Jugend sind und der Hoffnung. Aber die anderen – die Blinden, die Verkrüppelten, die Armen, die mitansehen müssen, wie ihre Kinder sich auf der Straße um ein Stück Brot balgen; die Witwe, die weinend die Öde und Abgeschiedenheit der Nacht zu erdulden hat; der Ehemann, dessen Weib aussätzig ist; die Mutter mit dem schwachsinnigen Kind – für sie alle läßt sich aus den Jahren nichts machen, für sie sind es keine guten Jahre.«
Juden haben einen unausrottbaren Hang zur Tragödie. Sie leben davon und nähren sich zusätzlich von Melancholie. Ich fand seine Vorstellungen krankhaft und niederdrückend, aber auf Jacob Nicodemus wirkten sie offenbar wie eine Adrenalin-Spritze. Es war, als wüchse er vor meinen Augen, frische Kräfte schienen ihn zu durchpulsen.
»In den Tagen der Verbannung«, sagte er, »als mein Volk in Babylon gefangengehalten wurde, lebte ein Mann namens Jesaja, der diese Dinge verstand. Er war Kirchengelehrter – das, was wir einen Propheten

nennen –, und er erblickte in unserem Exil ein Symbol für das Gefängnis des Todes. Er sprach von Gottes Sohn – von jenem, der da kommen soll –, und er gebrauchte die folgenden Worte, um ihn zu beschreiben: ›Siehe, das ist mein Knecht, ich erhalte ihn, und mein Auserwählter, an welchem meine Seele Wohlgefallen hat . . .‹«

Mit hocherhobenem Haupt stand er neben dem Springbrunnen, die erhabene Majestät des Tempels hinter sich, und die Worte kamen in leisem Singsang über seine Lippen wie bei einem Gebet im Gotteshaus. Aus seiner Stimme sprach der würdige Stolz des Volkes, dem er zugehörte.

»›. . . Ich habe ihm meinen Geist gegeben, auf daß er Licht bringe unter die Völker, daß er die Augen öffne den Blinden, daß er aus dem Gefängnis führe die Gefangenen und die da sitzen in der Finsternis aus dem Kerker!‹«

Mir war nicht ganz klar, wie sich das auf einem 65-cm-Bildschirm ausnehmen würde, wahrscheinlich höchst melodramatisch und nicht gerade überzeugend. Aber hier im Palastgarten, wo sich die Persönlichkeit des Mannes in ihrer ganzen Kraft entfalten konnte, wirkte es tief aufwühlend – viel zu eindrucksvoll, als daß es mir in mein Konzept gepaßt hätte. Ich schloß meine Hand fest um das Mikrophon und konzentrierte meine Gedanken auf Greg und seine Kamera hinter mir.

»Herzlichen Dank, Rabbi«, sagte ich, meiner Stimme einen Klang beherrschter Langeweile aufzwingend. »Ihre Ausführungen waren wirklich recht interessant.«

Es war natürlich unverzeihlich. Ich hatte mutwillig – ja sogar brutal – die Stimmung zerbrochen, grob wie ein Betrunkener, der bei einer Totenmesse in schallendes Gelächter ausbricht. Aller Glanz fiel von ihm ab,

von überdimensionaler Größe schrumpfte er kläglich zurück in seine Kleider.
»Natürlich«, sagte ich mit unveränderter Stimme, »ich bin in keiner Weise kompetent, zu dieser Ihrer Theologie Stellung zu nehmen, aber es scheint mir doch, daß die Beschreibung, die Sie da vom Messias gegeben haben, bis in alle Einzelheiten anwendbar ist auf Jesus Davidson. Ich meine dieses ›die Augen öffnet den Blinden‹ und so weiter. Soweit ich weiß, hatte er sich darauf ja geradezu spezialisiert.«
Er war jetzt wieder auf der Hut. »Es hat vor ihm andere gegeben, die die Macht besaßen, Menschen von ihren Gebrechen zu heilen. Und doch war keiner von ihnen Der Eine, Auf Den Wir Warten.«
»Auch er nicht?«
»Nein. Er war wohl in so mancher Hinsicht eine bemerkenswerte Persönlichkeit, und eine Zeitlang wagten einige von uns zu hoffen, daß sich vielleicht in ihm die Hoffnung unseres Volkes erfüllen werde. Aber wir irrten uns.«
»Sind Sie davon überzeugt?«
»Völlig überzeugt.«
Es waren dieselben Worte, die Pilate gebraucht hatte und nach ihm Major Sanballet. Auch auf ihren Lippen hatten sich die Worte gezwungen und irgendwie lahm angehört.
»Rabbi«, sagte ich, »wie kommen Sie zu dieser so überaus festen Überzeugung?«
Er blickte mich an, dann fiel sein Blick zu Boden.
»Weil er tot ist.«
»Tot ist oder tot war?«
Mit einer Stimme, die eine vorgedruckte Formel zu verlesen schien, sagte er: »Der Messias kann nicht sterben. Der Messias ist Sieger über den Tod und Schöpfer des Lebens.«

»Ich glaube, ich verstehe«, sagte ich. »Es gibt da allerdings noch einen kleinen Punkt, den ich gern mit Ihrer Hilfe aufklären möchte.«

»Ja?«

»Wie Sie sagten, wurde er wegen Gotteslästerung angeklagt?«

»Ganz recht.«

»Und doch richtete man ihn als Hochverräter hin, also als Feind des Staates und weniger der Kirche. Können Sie uns vielleicht erläutern, wie man einen Mann, der der Gotteslästerung angeklagt ist, wegen Hochverrats hinrichten kann?«

Er zog unwillkürlich den Kopf ein, und plötzlich klang seine Stimme alt und verfallen. Furcht umschnürte ihn wie ein würgendes Netz, aller Stolz war dahin.

»Es war ... so glaube ich jedenfalls ... es war eine ... eine ...«

»Eine abgekartete Sache, um ihn sich vom Halse zu schaffen«, fuhr ich brutal dazwischen. »Wollen Sie das sagen?«

»Ich ... äh ... ich weiß nicht ... Lassen Sie mich bitte gehen. Ich habe dringliche Arbeiten zu ... Es tut mir leid ... Sie müssen mich gehen lassen ... Ich kann Ihnen keine Fragen ... nichts kann ich Ihnen ...«

Ich trat zur Seite und lächelte, während er an mir vorüberschritt, auf die Kamera zu, fort.

»Vielen herzlichen Dank, Rabbi«, sagte ich leise. »Wirklich vielen herzlichen Dank.«

6

Gegen drei Uhr kehrten wir zu den Studios zurück, gaben den Film zum Entwickeln und fuhren im Lift zu Kappers Büro. Er hatte Sandwiches und Bier bereitgestellt, und wir entspannten uns in der Kühle der Klimaanlage und spielten uns unsere neuesten Tonbandaufnahmen vor. Es war ein eigentümlich bedrückendes Erlebnis. Gleich einem abstrakten Gemälde zogen die Worte unsere Aufmerksamkeit an und blieben doch ebenso undurchschaubar. Aber zwischen den Worten, da schien es emporzuschwelen und ließ sich nicht abweisen – der faulige Gestank einer Intrige, die ihr Opfer gefunden hatte.

Kapper schnaubte kurz durch die Nase und schüttelte den Kopf. »Armer Teufel. Hatte nicht den Hauch einer Chance gegen diese Kerle.« Er lehnte sich auf seinem Stuhl zurück und verschränkte die Hände hinter dem Kopf. »Immerhin sind wir dadurch eine Sorge los.«

»Inwiefern?«

»Na, das liegt doch auf der Hand. Wir ziehen die Story rein politisch auf. Redlicher, aber naiver Idealist unternimmt coup d'état; krisenerfahrene Regierung kriegt die Geschichte rechtzeitig in den Griff.«

»Du meinst, wir sollten auf Pilates Kurs einschwenken und einen Seufzer der Erleichterung ausstoßen?«

»Warum nicht?«
Ich stand auf und trat ans Fenster. Draußen in der Nachmittagshitze schmorte die Stadt wie ein graues, stilles, geduldiges Tier.
»Zu abgeschmackt, Nick«, wandte ich ein. »Läßt außerdem zuviele Fragen offen.«
»Umwerfend ist es nicht, klar. Aber überleg mal, was Pilate sonst so fabriziert. Daran gemessen ist das hier ein Meisterstück.«
Über dem Tempelmarkt kreiste ein halbes Dutzend Milane in trägem Flug. Die kaiserliche Flagge über der Residenz baumelte mit schläfriger Würde in der schlaffen Luft. Gott war in seinem Himmel, alles irdische Leben verlief in glatten Bahnen. Reibungslose Glätte, darauf kam es an; und, natürlich, wo gehobelt wird, da fallen Späne; ein Unschuldiger mehr oder weniger, zu Fall gebracht durch falsche Zeugen und doppelten Zungenschlag, darauf kam es nicht weiter an; was einzig zählte, war die reibungslose Glätte, das ordnungsgemäße Funktionieren; daß überall mit Wasser gekocht wird, nun, wer wüßte das nicht, das ist nun mal der Lauf der Welt.
Ich sagte: »Meisterstück eines politischen Mordes.«
Kapper antwortete ruhig und unbewegt: »Zugegeben, Cass. Es ist ein dreckiges Geschäft.«
Ich drehte mich zu ihm um. »Aber morgen abend wird auf dem Bildschirm nichts mehr davon zu sehen sein, stimmt's? Wir zwingen's inzwischen raus, glätten's, polieren's, bringen's auf Hochglanz und versehen's abschließend mit dem Gütezeichen der Kaiserlichen Fernsehgesellschaft. Mord? Aber nicht doch, keine Rede mehr davon. Weises, staatsmännisches Handeln. Streng, natürlich. Bedauerlich, daß es dazu kommen mußte. Aber völlig gerecht.«
Er hob die Augenbrauen. »Was ist los, Cass? Was

kratzt dich auf einmal? Meinst du, mir paßt, was die da gedreht haben und wie sie's gedreht haben? Aber sie haben's gedreht und damit eine vollendete Tatsache geschaffen. Was bleibt uns übrig, als uns auf ihre Seite zu schlagen?«

Trotz der Klimaanlage war die Luft im Zimmer schal wie abgestandenes Wasser. Ich war müde, auf den Schläfen spürte ich einen unangenehmen Druck. Mein Verstand mußte Kapper recht geben. Was von uns erwartet wurde, war ein sogenannter Tatsachenbericht, eine glatte, unangreifbare Sache – Knallbonbon für Patros, für Pilate ein Stützkorsett und für die jüdische Obrigkeit eine dekorative Glückwunschkarte. In technischer Hinsicht war das kein Problem. Filme und Tonbänder ließen sich so hintrimmen, daß Pilate trotz seiner nervös zittrigen Stimme als ganzer Mann dastand und die Kläglichkeit des Rabbi Jacob Nicodemus völlig vertuscht wurde. Ich brauchte nur noch den Kommentar ein wenig hinzufingern, und wir hatten die Katze im Sack.

Aber irgend etwas in mir sträubte sich dagegen. Ich erinnerte mich an den Filmstreifen von Jesus Davidson, den Kapper mir seinerzeit vorgeführt hatte. Die einsame Gestalt, die inmitten der Beifall schreienden Menge so verloren wirkte, wie von allem abgetrennt. Und ich sah Pilates verschlagene Augen vor mir, die mich kläglich anflehten, ihm vor der Kamera doch bloß nicht zu hart ans Leder zu gehen. Vielleicht war es begreiflich, daß man alles daran gesetzt hatte, sich Davidson vom Halse zu schaffen. Vielleicht war er wirklich zu gefährlich geworden. Ich wußte es nicht, und es war mir auch egal. Das einzige, was ich wußte, war, daß man ihn in einem Netz juristischer Spitzfindigkeiten gefangen hatte, um ihn durch einen lächerlichen Scheinprozeß zu schleusen und schnellstens aufzubaumeln – viel zu schnell, als daß irgend jemand Gelegenheit gehabt hätte, sich zu widersetzen. Was kümmerte mich, wer er war – ob Ketzer, Aufrührer oder Glaubensfanatiker. Aber daß diese Bande sich ihren Mord noch patentieren ließ, das ging mir verdammt gegen den Strich. Ich wollte dafür sorgen, daß sie noch ins Schwitzen gerieten.

»Tut mir leid, Nick«, sagte ich. »Aber da mach ich nicht mit.«

»Verstehe«, erwiderte er mit eigentümlich leiser Stimme. »Und wie lautet dein Gegenvorschlag?«

»Das weiß ich noch nicht. Ich werde mir das Ding jetzt erst mal richtig vornehmen. Ein bißchen tiefer graben. Vielleicht mache ich ein paar von Davidsons Freunden ausfindig und besichtige die Kehrseite der Medaille.«

»Und was versprichst du dir davon?«

»Der wirklichen Ursache für seine Hinrichtung auf den Grund zu kommen.«

»Spar dir die Mühe, das kannst du auch von mir haben. Hinrichtung wegen Hochverrat.«

»Das ist die offizielle Version«, sagte ich, »aber du weißt so gut wie ich, daß mehr dahinter steckt.«

»Vielleicht. Aber da können wir uns nicht ranwagen.«

»Warum nicht?«

»Weil es sich um eine religiöse Angelegenheit handelt.«

Ich zuckte die Schultern. »Na und?«

Kapper beugte sich mit einem Ruck vor. »Mann, Cass, ich brauch dir doch wohl nicht erst die offiziellen Richtlinien vorzubeten. Religion ist tabu. Nichts für den Bildschirm, außer in feinster Dosierung und Glanzverpackung. Nun gar noch die jüdische Religion. Dieser Messiasglaube ist verdammt gefährlich. Pilate ist schwer angeschlagen, und Davidson hat dafür ins Gras beißen müssen, wie so viele vor ihm schon. Wenn du dich da reinhängst, bist du bald erledigt.«

»Das muß ich eben riskieren«, erwiderte ich mit einer Leichtigkeit, die ich keineswegs empfand.
Er blickte mich ungläubig an. »Das meinst du doch nicht im Ernst.«
»Warum denn nicht?«
»Du willst also wirklich deinen Ruf als Reporter aufs Spiel setzen? Wegen der angeblichen Wiederauferstehung eines Mannes, der dir zu allem noch völlig unbekannt ist?«
»Soweit wird es nicht kommen. Mir geht's nur darum, ein bißchen Licht ins Dunkel zu bringen.«
Gereizt schüttelte er seinen Kopf. »Hör mal, Patros hat dir doch gesagt, daß wir's hier mit politischem Dynamit zu tun haben. Da braucht einer nur mal laut zu husten, und schon steht das ganze Land in Flammen.« Die Hände flach auf den Tisch gepreßt, lehnte er sich vor. »Als ich heute morgen das Gerücht hörte, war mir klar, daß wir sofort handeln mußten. Deshalb meine Eilmeldung über Fernschreiber nach Rom. Wir hatten nicht die Zeit, unser Süppchen in aller Ruhe gar zu kochen, dafür war die Situation zu brenzlig, so brenzlig, daß nur ein besonders kühler Kopf damit umgehen durfte. Und den glaubte ich zu haben. Cass Tennel, der Mann mit dem sicheren Griff, der sich darauf versteht, im Handumdrehen eine ordentliche Story auf die Beine zu stellen. Mehr noch: Der Cass Tennel, den ich kannte, würde kurzen Prozeß machen mit diesen Gerüchten, in denen davon geschwafelt wird, daß Tote wieder ins Leben zurückkehren.« Er musterte mich eindringlich. »Genau das ist es, was wir von dir erwarten – Patros, die Burschen vom Außenministerium und ich. Eine hübsche, runde Sache, damit die Angelegenheit wieder ins Lot kommt und das politische Klima sich abkühlen kann.« Er lehnte sich zurück und drehte seine Hände mit den Innenflächen nach oben, wie um mich

mit dieser kleinen persönlichen Geste für sich zu gewinnen. »Das Material dafür hast du doch jetzt beisammen, verdammt noch mal. Auf den Bändern, die wir gerade abgespielt haben. Klare Tatsachenbefunde von Staat, Kirche und Armee – genau die richtigen Leute. Jetzt schnürst du das Päckchen zu, garnierst es mit ein bißchen Lokalkolorit, und schon hast du die Sache unter Dach und Fach.«
Er runzelte die Stirn und verzog angewidert den Mund. »Aber für Freund Tennel ist das offenbar nicht gut genug. Nicht für Cass Tennel mit dem überdimensionalen Gewissen, dem Freund und Helfer der Armen, dem trauernden Hinterbliebenen bei jeder verlorenen Liebesmüh. Der will natürlich tiefer graben. Will Staub aufwirbeln, will das halbgare abergläubische Gewäsch zutage fördern, das kein vernünftiger Mensch ernst nehmen kann. Und morgen abend baut er sich dann vor der Kamera auf, so richtig mit Blick auf Welt und Eheweib, und quasselt über verschwundene Leichen und leere Gräber und Leute, die vergnügt in der Gegend rumschwirren, obwohl sie seit drei Tagen tot sind.«
»Nun mach mal langsam, Nick«, unterbrach ich ihn. »Ich sage ja nichts, was ...«
»Nein«, meinte er. »Und du wirst auch nichts sagen. Nicht in meiner Sendung.«
Er war so wütend, daß er sich gewissermaßen mit beiden Fäusten festhalten mußte, um nicht zu zerspringen.
Ich sagte mit bemüht sanfter Stimme: »Es ist auch meine Sendung, weißt du.«
»Und ob ich das weiß. Du bist der Star, das große As. Hältst dein Gesicht in die Kamera und läßt dir die Nase vergolden. Aber ich bin der Produzent, und wenn was schief geht, schiebt man's mir in die Schuhe. Wenn's in der Börse kracht und anschließend zum Sturm auf die

Banken kommt, bloß weil du dem Publikum idiotische Gerüchte als schiere Fakten präsentierst, dann wird's nicht mal dein Kopf sein, den Patros fordert, sondern meiner.«

Ich zuckte die Schultern und wandte mich wieder zum Fenster. Hoch oben über der Stadt zeichneten zwei Düsenjäger weiße Wollfäden in den Himmel.

Hinter mir räusperte sich Greg, um mich zu warnen.

»Zugegeben«, fuhr Kapper fort, »gemessen an dem, was manchmal auf dem Bildschirm gezeigt wird, fällt es schwer zu glauben, daß wir unserem Publikum gegenüber eine Verantwortung tragen. Aber ich meine, wir sollten ihnen wenigstens die Möglichkeit lassen, zwischen Dokumentarbericht und Märchenstunde zu unterscheiden.«

»Es mag ja banal klingen«, sagte ich, »aber das Grab ist tatsächlich leer, und der Leichnam ist tatsächlich verschwunden.«

»Und?«

Ich drehte mich zu Kapper herum. »Und genau das sollten wir den Zuschauern sagen. Wie wir das Ding morgen abend auch hinschaukeln, das darf auf keinen Fall fehlen.«

Kapper seufzte. »Schön. Ist ja kein Problem. Die Leiche ist gestohlen worden – von Davidsons Freunden wahrscheinlich.«

»Und warum spricht man das nicht unzweideutig aus? Warum gibt es weder von Pilate noch von Caiaphas eine offizielle Verlautbarung darüber?«

»Das kommt noch, Cass. Das kommt noch. Du mußt ihnen etwas Zeit lassen. Wahrscheinlich arbeiten sie schon daran. Vergiß nicht, daß am Grab eine Wache aufgestellt war. Eine Wache der jüdischen Armee. Wie die Leiche trotzdem gestohlen werden konnte, müssen sie erst einmal plausibel machen. Sonst stehen sie so be-

lämmert da, daß sich die gesamte Römische Armee von hier bis Britannien darüber schief lacht.«
Das war kein ganz abwegiger Gedanke. Die gereizte Halsstarrigkeit des Majors Sanballet konnte damit erklärt werden, ebenso, bis zu einem gewissen Grade jedenfalls, Pilates Nervosität. Aber dann dachte ich an Nicodemus, an sein verstörtes und scheues Verhalten im Garten des Palastes. Er war nicht der Mann, den der Ruf der jüdischen Armee so tief bekümmern würde.
»Vielleicht hast du recht, Nick«, sagte ich. »Logisch genug klingt es ja. Aber es befriedigt mich trotzdem nicht. Irgend etwas ist hier faul. Irgend etwas, das sie verstecken wollen, weil es sie erschreckt. Ehe ich mich vor Pilates Karren spannen lasse, werde ich der Sache auf den Grund gehen.«
Kappers Augen funkelten vor Empörung. »Ich habe dir gesagt, daß du die Finger davon lassen sollst. Wenn du dich da reinhängst, wird die Sache nur noch schlimmer.«
»Tut mir leid, Nick.«
»Oh wirklich, tut es das«, sagte er feindselig. »Na, dann ist ja alles in Butter, wie?«
»Wenn ich einen Vorschlag beisteuern dürfte . . .«
Wir schauten überrascht zu Greg, den wir wegen unseres Gezänks völlig übersehen hatten. Er räkelte sich auf seinem Sessel und lächelte uns entschuldigend zu. »Statt sich im Kreis zu drehen und einander die Augen auszuhacken, könnte man vielleicht was Konstruktives unternehmen.«
»Und was könnte das sein?«
Er spreizte seine Hände und setzte eine Unschuldsmiene auf. »Das könnte ein interessanter Fund sein. Davidsons Leiche zum Beispiel.«
Kapper starrte ihn einen Augenblick lang stumm an. »Natürlich. Der Junge hat recht, Cass. Die Leiche finden, klar. Liegt doch auf der Hand.«

»Nur ein bescheidener Genieblitz«, sagte Greg. »Das überkommt mich so von Zeit zu Zeit.«

»Meisterhaft«, sagte ich. »Hoffentlich überkommt's dich gleich noch einmal. Damit wir nämlich wissen, wo wir mit der Suche anfangen. Oder sollen wir jeden Quadratmeter umpflügen?«

»Da kann ich euch vielleicht behilflich sein«, erklärte Kapper. »Wir verfügen in Jerusalem über ein paar recht brauchbare Verbindungen und ...«

Er unterbrach sich, als das Telefon auf seinem Tisch zu läuten begann. »Kapper ... Wer? ... Ja ... Ja, er ist hier.« Er reichte mir den Hörer. »Für dich.«

»Tennel«, sagte ich.

»Sie sind doch der Knabe aus dem Guckkasten, nich?« Es war eine heisere, ungeduldige Männerstimme.

»Ja.«

»Immer noch hinter Jesus Davidson her, nich?«

»Nun, ich ...«

»Und immer noch keine Spur, nich?«

»Moment«, sagte ich, »wer sind Sie denn überhaupt?«

»Ach was! Keine Namen, keine Formalitäten. Klar, nich?«

»Meinetwegen. Aber ...«

»Versucht, den Jacob Nicodemus in die Pfanne zu hauen, nich?«

»Ich habe ihn interviewt, falls Sie das meinen.«

»Was aus ihm rausgequetscht?«

»Nicht direkt.«

»Ha«, sagte er. »Ist auch nicht drin, Jungchen. Ist bei dem auch nicht drin. Parole Festschnallen, so einer ist der Nicodemus.«

»Festschnallen?«

»Nichts riskieren. Immer auf Nummer Sicher gehen. Klar, nich?«

»Ja. Ja, natürlich.«

»Sie müssen sich eben an die richtigen Leute ranmachen, Jungchen.«
»Wen zum Beispiel?«
»Die Magdala vielleicht.«
»Wen?«
»Die Magdala, Jungchen. Die weiß genau Bescheid.«
»Und wo finde ich ...« Aber er hatte schon aufgehängt.
»Pro Bono Publico?« fragte Kapper.
»Der-Mann-der-dauernd-in-die-Röhre-sieht, der war es höchstpersönlich.« Ich wählte eine Nummer und sagte, als sich das Telefonfräulein meldete: »Der Anruf eben, können Sie feststellen, wo der herkam? ... Danke ...« Ich legte auf. »Sie will's versuchen.«
»Eine heiße Spur?«
»Weiß nicht. Vielleicht. Wer ist die Magdala?«
Kapper blickte mich scharf an. »Die Magdala?«
»Kennst du sie?«
»Hab von ihr gehört. Warum?«
»Der anonyme Anrufer meinte, sie könnte uns sagen, wo Davidson zu finden ist.«
»Seine Leiche, willst du sagen.«
»Nein, der Mann selbst.«
Kapper grinste. »Die Magdala, wie?«
»Ganz recht, die Magdala.«
»Hat er dir auch verraten, was sie für eine ist?«
»Was denn?«
»Bauchtänzerin.«
»Hm, Zucker«, sagte Greg und schmatzte ein paar Küsse in die Luft.
»Zumindest«, fuhr Kapper fort, »war sie's. Trat in einem Nachtlokal in der Altstadt auf.«
»Trat ein, trat auf, trat an«, sagte Greg.
»Die Soldaten waren jedenfalls wild auf sie. Und die Touristen nicht minder.«

»Zucker«, sagte Greg. »Konfekt mit Creme.«
»Na, es waren nicht alle der Meinung. Die Bevölkerung hier ist schließlich tief religiös, und der Sanhedrin war nicht gerade erbaut über das junge Ding, das da in aller Öffentlichkeit ihr Becken rotieren ließ.«
»Hat sie den Job aufgegeben?«
Kapper nickte. »Verschwand plötzlich. So vor einem Jahr etwa. Eben noch war sie hier und legte eine kesse Sohle aufs Parkett, daß den Jungens ganz schwach wurde. Und im nächsten Moment war sie verschwunden.« Er zuckte die Achseln. »Es wurde natürlich darüber geklatscht. Sie sei tot, hieß es. Dann wieder, sie hätte von einem der großen Klubs in Alexandrien einen Vertrag erhalten. Sogar, daß sie in einen religiösen Orden eingetreten sei.«
»Gerüchte, aber keine Tatsachen?«
»Keine.«
»Und seitdem?«
»Nichts.«
»Hm«, machte ich. »Und jetzt scheint sie wieder in der Stadt zu sein. Die komische Marke am Telefon klang völlig überzeugt.«
»Vielleicht«, sagte Kapper, »aber nicht als Bauchtänzerin, sonst hätten wir davon gehört.«
»Wieso«, wandte ich ein, »Bauchtänzerinnen gibt's hier doch wie Sand am Meer.«
»Schon. Aber nicht von ihrer Klasse. Sie war was ganz Besonderes. Wenn sie wieder aufgetreten wäre, hätte sich das in Windeseile rumgesprochen.« Er bedachte mich mit einem zweifelnden Blick. »Weißt du, Cass, ich kann mir nicht vorstellen, daß gerade sie was über Davidson wissen sollte. Man braucht sich ja nur klarzumachen, daß er in religiöser Hinsicht wirklich ein Mann von Format war. Davon bist du doch jedenfalls überzeugt.«

»Das hab ich mir auch schon überlegt. Aber wir haben uns die maßgeblichen Leute schon vorgeknöpft und kaum was aus ihnen rausbekommen. Ich finde, wir könnten uns jetzt ruhig an Fräulein Magdala ranmachen.«

»Meinen Segen hast du«, sagte Greg. »Ich bin mit dem allergrößten Vergnügen dabei.«

Kapper wölbte seine Lippen vor. »Versuchen kann man's ja. Aber wie sollen wir sie finden? Hat er dir eine Adresse gegeben?«

»Nein.«

Das Telefon läutete wieder.

»Du gestattest?« Ich nahm den Hörer ab. Das Telefonfräulein teilte mir mit, daß der Anruf aus einer öffentlichen Telefonzelle in Jericho gekommen war.

»Jericho?« fragte Kapper. »Sehr interessant.«

»So?«

»Ja. Jericho war nämlich für Davidson ein recht angenehmes Gefilde. Er war vor knapp einem Monat dort und wurde von allen sozusagen stürmisch an die Brust gedrückt. Jubelnde Massen auf den Straßen, offizieller Empfang durch den Bürgermeister – na, und was man für einen Prominenten sonst noch auf Lager hat.«

»Gab's dafür einen besonderen Grund?«

»Nein, eigentlich nicht.« Er hob die Schultern. »So sind sie da unten nun mal. Gleich Feuer und Flamme und völlig unberechenbar. Kommt vielleicht daher, daß sie unterhalb des Meeresspiegels leben und eine Luft atmen, die zu drei Teilen aus reinem Schwefel besteht. Aber wie dem auch sei, Davidson hatte die Stadt in der Tasche, bis ...«

»Ja?«

Kapper schüttelte den Kopf. »Er war schon ein außergewöhnlicher Mensch. Wieder und wieder verstand er es, die Leute auf seine Seite zu bringen. Kam von irgendwo, so aus blauem Himmel, und fing zu sprechen an. Weiß Gott, woher er seine Ideen bezog, aber sie waren gut. Verdammt gut sogar. Und er verstand's, sie zu verbreiten. Stand kaum zehn Minuten vor einem Haufen Zuhörer, und schon aßen sie ihm aus der Hand. Mit einem Wort, einer Geste zog er sie magisch an und bannte sie und hielt sie in atemloser Spannung. Aber dann war's plötzlich aus, als gäb's von dort kein Weiter für ihn. Grade, wenn man glaubte, daß ihn jetzt nichts mehr aufhalten könnte, brach er ab. Machte sich davon und ließ sie sozusagen in der Luft hängen. Oder er verpatzte die Sache sonstwie. Tat irgendwas, was allen gegen den Strich ging und sie gegen ihn aufbrachte. Wie in Jericho. Traf kurz vor Mittag ein und hatte die Stadt ein paar Stunden später völlig in der Hand. Die Stadtschlüssel hätten sie ihm zu Füßen gelegt, wenn er nur danach gefragt hätte. Alles hätten sie ihm geopfert, ihr letztes Hab und Gut. Aber er? Was tut er? Statt Vernunft zu zeigen, lädt er sich beim bestgehaßten Mann der ganzen Umgebung zum Abendessen ein. Dreht der Menge den Rücken zu und läßt die Stadtväter abblitzen und marschiert Arm in Arm mit Zaccheus davon.«

»Zaccheus?«

Kapper nickte. »Hauptamtlicher Blutsauger. Steuereinnehmer und Leiter des Finanzamtes von Jericho. Da gibt es keinen, der ihn nicht aus tiefster Seele haßt. Seit Jahren legt er ihnen die Daumenschrauben an. Lebt wie ein Fürst und wirft mit dem Geld um sich, als sei's Dreck. Und es ist ihr Geld, das wissen sie verdammt gut, aber was sollen sie dagegen machen.«

»Und Davidson hielt sich in seinem Hause auf?«

»Ja. Gott mag wissen, warum. Er hätte sich wirklich keinen schlimmeren Menschen als Freund aussuchen können.« Kapper streckte verständnislos die Hände

aus. »Und es war nicht das erste Mal, daß er so ins Fettnäpfchen trat. Scheint keine Antenne dafür zu haben. Schlechter Menschenkenner. Komisch bei einem Mann, der soviel Talent mitbringt. Fataler Mangel.« Er fuhr sich mit dem Zeigefinger nachdenklich über den Nasenrücken. »Dieser Anrufer von eben – hatte der eine kehlige Stimme? Rauh, wie das Kratzen einer Eisenfeile?«
»Ja. Stimmt.«
»Und hat er dich etwa ›Jungchen‹ genannt?«
»Stimmt gleichfalls.«
Kapper nickte. »Eine wilde Vermutung von mir, aber er könnt's gewesen sein.« Er warf einen Blick auf seine Armbanduhr. »Weißt du was, Cass? Schnapp dir Greg und rausche rüber nach Jericho. Nehmt ihn mal ein bißchen in die Mache. Ich besorge euch die Adresse. Vielleicht rückt er von Mann zu Mann mit der Sprache raus. Inzwischen werde ich sehen, was sich hier tun läßt. Vielleicht kann ich die Magdala ausfindig machen.«
Er las wohl die Zweifel in meinem Gesicht, denn er lächelte und erhob sich mit einem Schwung. »Keine Sorge, Cass, wir schaffen es schon.«
Ich nickte. Aber ich fragte mich doch unwillkürlich, was wir schaffen würden. Ans Ziel gelangen, gewiß. Doch was lag dahinter? Und auf welches Ziel steuerten wir überhaupt los?

7

Wie eine wunderschöne zartgetönte japanische Tuschzeichnung, so nahm sich der Palastgarten auf dem Bildschirm des Monitors aus, wobei die Bäume einen zweiten, verkleinerten Rahmen bildeten, der die sonnenfunkelnden Fontänen des Springbrunnens umschloß, im Mittelpunkt die eigentümlich eindrucksvolle Gestalt des Jacob Nicodemus. Eindrucksvoll selbst in der verworrenen Schlußszene des Interviews, als er wie ein wütender schwarzer Vogel auf die Kamera loszustürzen schien. Sein Gesicht, jetzt außerhalb des Brennpunkts, wurde unscharf, verschwamm, und die dunkle Masse seines Körpers ließ das Bild erlöschen.
»Vielen herzlichen Dank, Rabbi. Wirklich vielen herzlichen Dank.«
Ich lauschte auf den Klang meiner Stimme, auf den letzten sardonischen Schlenker und wandte mich auf ein Zeichen der Kamera Eins zu.
»›Der Messias kann nicht sterben. Der Messias ist Sieger über den Tod‹. Diese Worte stammen also von einem der maßgeblichen Rabbis des Sanhedrin, einem Gelehrten, wohl bewandert in den theologischen Mysterien seines Volkes. Für ihn scheidet damit nach dem Tode Davidsons am vergangenen Freitagnachmittag die Möglichkeit aus, in ihm den Messias zu sehen. Wie aber

denkt das Volk selbst darüber? Ist Davidsons Tod auch für die einfachen Menschen eine unaufhebbare Gewißheit?«

Kapper brachte auf den Bildschirm einige Filmstreifen, in denen die menschenüberfluteten Straßen zu sehen waren, und es war erstaunlich, mit welcher Eindringlichkeit die Atmosphäre gespannter Ungeduld sich selbst in den kärglichen Schwarz-Weiß-Bildern mitteilte.

»Drei Tage nach seinem Tode sind die Straßen voller Menschen. Warum? Was erhoffen sie sich? Und auf wen warten sie?«

Ich kam wieder ins Bild und wandte meinen Kopf halb dem riesigen Panorama der Stadt hinter mir zu.

»Um Antwort zu finden auf diese Fragen, machten wir uns auf die Suche nach einigen seiner Freunde – einfache Bürger Jerusalems, die in diesem Gewirr enger Gassen wohnen, Männer und Frauen, die ihn gut genug kannten, um ein Mahl mit ihm zu teilen oder ihn, gelegentlich, bei sich zu beherbergen.

Die Suche erwies sich als äußerst schwierig. Die Männer, die ihm am nächsten standen, wie beispielsweise Peter Johnson oder die Gebrüder Zebedee, halten sich verborgen. Um jedes Risiko auszuschalten, haben die Behörden auf ihre Ergreifung eine Belohnung ausgesetzt. Seit Freitag nachmittag sind sie nicht mehr gesehen worden. Die Entschlossenheit seiner Exzellenz, Lord Pilate, und die Weigerung der jüdischen Obrigkeit, sich zu den Vorfällen zu äußern, veranlaßt die Menschen, sich in Schweigen zu hüllen, besonders Fremden gegenüber. Es dauerte lange, bevor es uns gelang, eine Spur ausfindig zu machen.

Aber es gelang uns. Doch nicht in Jerusalem, sondern in Jericho.«

Die Fahrt nach Jericho am Spätnachmittag war ein Erlebnis, das ich nicht so bald vergessen werde. Die ersten fünf Kilometer verliefen noch recht eintönig. In steter Steigung erklomm die Straße den Hügelrücken durch die staubigen Olivenhaine bis nach Bethanien. Trotz des romantischen Namens – Heim des Liedes – bot der Ort nichts Besonderes. Eine schmuddelige Ansammlung von Arbeiterhütten, ordnungslos am Straßenrand verstreut, mit Wänden aus Lehmziegeln, von denen die weiße Tünche abblätterte, und flachen Dächern, wo, wie üblich, ein Gemengsel aus Schutt und Abfall verrottete. Die Szenerie jedoch war einzigartig.
Am Dorfausgang schlug die Straße einen scharfen Bogen, bevor sie sich in langen Serpentinen hinabsenkte durch die kahlen Hügel, hin zum Tal des Toten Meeres tief unten. Es war, als stürzten wir steil über eine Klippe am Ende der Welt. Hinter uns lagen Häuser und Gras und Bäume, das vertraute Bild bewohnten Landes. Vor uns klaffte die Öde.
Die Weite des Anblicks war von schrecklicher Majestät. Über die Motorhaube schauten wir hinab auf eine riesige verfallene Treppe aus Felsblöcken und Geröll, schroff abfallend, Meile für Meile, kahl und leer, die schließlich in ein brodelndes Loch kippte, in die tiefste Schlucht, die es auf der Welt gab. Kein Gras wuchs dort, kein Baum. Und es gab weder ein Haus, noch eine Blume, noch irgendeine Spur menschlicher Behausungen. Nur zerschmetterte Steinlawinen und die nackte Straße und das tote Holz der Telegraphenstangen, die uns, aufgereiht an ihren dünnen Drähten, entgegenklommen wie die Skelette längst verblichener Bergsteiger.
Dies war die Wasserscheide der jüdischen Geschichte. Diesen Abhang waren einst junge Männer herabgestiegen, ausgesandt von Abraham, um Lot aus dem Un-

heil zu erretten, das über Sodom und Gomorra kam, jenen so ungünstig gelegenen Städten der Ebene, deren Ruinen jetzt völlig verwittert waren, zersetzt von dem ätzenden Nebel, der über die öden Wasser des Meeres herübertrieb. Über dieses zerklüftete Gelände war das Heer Josuas getrottet, zäh und abgehärtet durch die Jahre in der Wüste, gestählt im blutigen Staub des zerschmetterten Jericho und angetrieben von einem Stachel, der tief in ihren Herzen saß, dem Sporn religiöser Sehnsucht, der sie befeuerte, sich ihrem neuentdeckten Gott würdig zu erweisen. Das Sonnenlicht, das sich jetzt so unschuldig in den Autoscheiben spiegelte, während wir durch die Haarnadelkurven holperten, hatte sich auf ihren Speeren und Pfeilspitzen in tausend und abertausend funkelnde Splitter gebrochen, und die kleine, von den Autorädern hochgewirbelte Staubfahne war ein fernes Abbild jener wallenden Staubwolke, durch die sie damals marschierten, die Bundeslade auf den schmerzenden Schultern. Die Menschen aus den Olivenhainen über und hinter uns, die sie beobachtet hatten, wie sie heraufstiegen, empor über den Rand der Schlucht, mußten in ihnen leibhaftige Erdteufel erblickt haben.

Wir hockten stumm im schwankenden Wagen und beobachteten die Schatten. Dunkel wie das Wasser in den Tälern unter uns stiegen sie empor. Die hochragenden Gebirgswände schienen sich vorzuwölben und die schlaffe Luft zusammenzupressen. Auf dem Armaturenbrett zuckten die Instrumentennadeln wie überreizte Nerven. Ich versuchte, mich auf die Fragen zu konzentrieren, die ich Zaccheus in Jericho stellen wollte. Aber die Todesstarre der Welt draußen vor dem Wagen träufelte in mein Gehirn wie ein lähmendes Gift. Meine Gedanken trieben dahin wie Rauch vor dem Wind, ohne Wesen, ohne Gestalt, ohne Bedeutung. Die Geschichte von Orpheus und seiner verzweifelten Reise in die Unterwelt fiel mir ein. Um seine Frau zu finden und sie zurückzuführen ins Leben, hatte er eine solche Schlucht durchquert. Aber trotz seines Mutes und der Schönheit seiner Musik hatte es für sie keine Auferstehung gegeben ...

Ich betrachtete auf dem Monitor die Filmstreifen, die Greg von Jericho gemacht hatte, und wartete auf das Einsatzzeichen des Aufnahmeleiters. Die Kamera lotete die Straße der Sonne in ihrer ganzen Länge aus, die breite Hauptader, die mitten durch das Herz der modernen Stadt führte, von den Ruinen der altertümlichen Burg, die vor Josuas Posaunenschall zusammengestürzt war, bis zur Jordanbrücke. Die Straße war von Bäumen besäumt und schattig, mit ein oder zwei imposanten öffentlichen Gebäuden. Auf dem Bildschirm nahm sich alles recht weiträumig aus und sehr ruhevoll, aber ich erinnerte mich noch gut, wie es in Wirklichkeit war. Hitze kroch aus dem Boden, selbst im Schatten schwelte sie bedrückend empor, der Geruch von Schwefel hing in der Luft, Salzlauge säuerte das Wasser und verdarb das natürliche Aroma der Nahrung. Das war die Wirklichkeit. Das Salz und der Schwefelgeruch, der vom bleistumpfen Meere her über die Straßen trieb, und die Fliegen. Auch in Jerusalem waren die Fliegen schlimm. Aber in Jericho waren sie unendlich viel schlimmer. Groß und schwer und ekelhaft gemächlich krabbelten sie über das Essen, klumpten in durstigen Trauben um Kinderaugen und erhoben sich in träge summenden Wolken, wenn sie aufgescheucht wurden.
Der Aufnahmeleiter ließ als Zeichen für mich seine Hand fallen.
»Von hier brach Jesus Davidson zu seiner, wie sich er-

weisen sollte, letzten Reise nach Jerusalem auf. Sie endete bekanntlich mit einer Tragödie. Aber sie begann mit einem Triumph. Die Einwohner von Jericho umsäumten die Straßen unter diesen Bäumen, um ihn vorbeiziehen zu sehen. Sie klatschten und riefen dem Manne zu, den sie für einen Propheten und Befreier hielten, für den langersehnten Erlöser des einfachen Menschen.«

Auf unserer Fahrt durch die Stadt war viel Volk auf den Beinen gewesen, denn die Nachmittagssiesta war vorüber und in den Geschäften herrschte reger Betrieb. So fiel es mir, während ich die Bilder auf dem Monitor verfolgte, sehr leicht, mich zurückzuversetzen in die Zeit, als Davidson aufbrach. Ich sah sie vor mir, die jubelnde Menge, die gekommen war, um diesen wiedererstandenen Orpheus zu sehen. Seinen Worten verdankten sie die neuentfachte Hoffnung, und ihre Rufe begleiteten ihn, als er dieses schreckensvolle Tal verließ, um hinzuziehen zu den Höhen der Hauptstadt.

»Unter ihnen befand sich auch ein Mann namens Zaccheus. Mr. Regem Zaccheus, Leiter des Finanzamtes von Jericho.«

Sein Gesicht, in Großaufnahme, tauchte mit geradezu physischer Wucht auf dem Bildschirm auf. Es war ein bestürzend häßliches Gesicht. Die Haut, pockenfleckig und vernarbt, spannte sich stramm über vorspringende Jochbögen und fiel dann in lockeren Fettwülsten zu den Kinnbacken ab. Über dem breiten Mund, abgeteilt durch graues Barthaar, stieß angriffslustig die klumpige Nase vor, quer über einem alten Bruch im Rücken ein Fetzen weißlichen Narbengewebes. Die zusammengewachsenen schwarzen Brauen saßen balkenstark auf der Stirn. Er hatte grobes Haar, das ungebändigt aus seinem Schädel sproß und ihm in Büscheln aus Ohren und aus Nasenlöchern wuchs. Das ganze Gesicht war eine

Maske aus Gewalt und Durchtriebenheit – das Gesicht eines Mannes, der keine Gnade kannte.
Aber da waren noch seine Augen, und sie wandelten das Bild. Sie waren groß und glänzend, tiefsamten, eifrig wie die Augen eines Kindes. Und etwas Kindliches lag auch in seinem Wesen; so eine Art unschuldsvoller Erregung, die sich selbst auf dem Monitor sofort mitteilte. Es war, als lebe er, hinter der häßlichen Fassade seines Körpers, in einer Welt aus Lachen und Musik; einer klingenden, unverbrauchten Welt, in der alle Menschen frei waren.

Wir hatten das Interview in seinem Haus in der Jascherstraße gefilmt. Als wir anlangten, stand draußen ein großer Möbelwagen. Drei bekittelte Männer schleppten ein Klavier die Vortreppe herunter und auf den Möbelwagen zu. Das ganze Haus erstrahlte im Lichterglanz. Wir folgten einer Strohspur, die den Weg markierte, hin zu Vortreppe und Eingangstür. Im Flur standen offene Packkisten. Zwei Möbelträger keuchten mit einem Büffet an uns vorbei. Oben auf der Treppe gab jemand mit lauter Stimme Anweisungen, und aus einem der Schlafzimmer drangen hämmernde Geräusche.
Zaccheus trat aus einem Zimmer rechts von uns.
»Mr. Zaccheus?« erkundigte ich mich.
»Aber gewiß doch, Jungchen. Ihr wollt's Bettzeug holen, nich?«
»Wir sind vom ...«
»Da drin ist's. Alles startklar.«
Der Mann von oben rief: »Was wird mit dem Teppich auf dem Treppenabsatz?«
»Geht mit. Auch die Unterlage. Kommt in den Möbelwagen zum übrigen Zeug.« Zaccheus grinste uns an und rieb die Hände gegeneinander. »Kein Fetzen bleibt

hier. Die Stadt hat mich die längste Zeit gesehen. Hatte gerade die Oberin vom Kinderhospital an der Strippe. Ihr sollt ihr heute abend die Wolldecken und den anderen Krimskrams rüberbringen.«
Seine Stimme klang genau so heiser und rauh wie am Telefon in Kappers Büro.
»Mr. Zaccheus«, begann ich, »ich möchte Ihnen erklären, warum wir . . .«
»Was hast du denn auf dem Herzen, Jungchen? Ihr sitzt wegen dem Transport ein bißchen in der Klemme, nich?«
»Darum handelt es sich nicht. Vielmehr . . .« Ich brach ab, als aus dem gegenüberliegenden Zimmer ein schwerbeladener Mann auftauchte.
»Wo sollen diese Statuen hin, Chef?«
»In den Möbelwagen«, beschied ihn Zaccheus. »Hab ich der Kunstgalerie vermacht. Sachte mit umgehen, Jungchen. Da sind ein paar echte Praxitelesse bei.« Er zwinkerte uns zu. »Hab ich mir vor drei, vier Jahren unter den Nagel gerissen. Bin nicht versessen drauf, paßt nicht in ein Wohnhaus. Ist aber bares Geld, Jungchen. Bares Geld, jawohl.«
»Können wir hier irgendwo ein paar Minuten ungestört miteinander reden?« fragte ich.
»Reden? Worüber?«
»Jesus Davidson.«
Er musterte mich einen Augenblick scharf und lächelte dann. »Dachte mir doch, daß ich Sie schon mal gesehen habe. Weiß jetzt, wo. Sie sind Tennel, der Knabe aus dem Guckkasten.«
Ich nickte. »Sie haben mich heute nachmittag angeläutet.«
»Und Sie haben rausgebracht, daß der Anruf aus Jericho kam, nich?«
»Sozusagen.«

»Gut gemacht, Jungchen. Gefällt mir, wenn ein Mann was auf eigene Faust unternimmt. Haben Sie die Magdala inzwischen gefunden?«

»Noch nicht«, entgegnete ich. »Ich hoffe, daß Sie mir da unter die Arme greifen können.«

»Vielleicht. Weiß noch nicht. Muß mir's durch den Kopf gehen lassen.« Ein Mann kam mit einem zusammengerollten Teppich die Treppe herunter, und wir drückten uns gegen die Wand, um ihn vorbeizulassen.

»Prima Ware«, erklärte Zaccheus. »Perser, natürlich. Das Beste vom Besten.«

»Sie ziehen um?« fragte ich.

»Da braucht's keine Grütze, um das rauszufinden, Jungchen. Wir gehen nach Norden, gleich morgen früh. Galiläa.«

»Und Ihre Sachen hier?«

»Werden weggegeben. Bis zum letzten Fummel. Möbel, Bücher, Teppiche – die ganze Bescherung. Soll die Stadt kriegen. Krankenhäuser, Altersheime, Schulen – so in der Richtung.«

Wir traten in den Türrahmen zurück, um einen großen Schreibtisch aus Nußbaum vorbeizulassen.

»Für den Bürgermeister«, erläuterte Zaccheus, »mit den besten Empfehlungen. Ich hab dem Burschen ein paarmal ziemlich übel mitgespielt, der Schreibtisch ist ein kleines Trostpflaster.« Er grinste und schüttelte den Kopf. »Jahre habe ich gebraucht, um das Zeug hier zusammenzustoppeln. Superklasse, Stück für Stück. Kein Plunder. Kein Warenhausquark. Eine Musterkollektion, wie sie im Buche steht. Und jetzt ist alles hin, so über Nacht. Verrückt, nich?«

»Wenn wir jetzt unser Gespräch . . .«

Er kratzte sich am Kopf. »Hm, ja, natürlich. Macht's Ihnen was aus, in die Küche mitzukommen? Da sind wir aus dem Trubel raus, denke ich.«

Und dort filmten wir das Interview. In der Küche, auf ein paar unbequemen Stühlen sitzend, die Tür geschlossen, im Hintergrund das gedämpfte Poltern der Möbel, die treppab geschleppt wurden.

Jetzt beobachtete ich Zaccheus auf dem Monitor, als er meine ersten Fragen beantwortete.
»Mr. Zaccheus, stimmt es, daß Sie Jesus Davidson begegnet sind?«
»Ja, das stimmt.«
»Sie gehören zu seinen Leuten, nicht wahr?«
Er lächelte, und die strahlende Gelassenheit in seinen Augen ließ die Häßlichkeit seines Mundes vergessen.
»In gewisser Weise kann man das wohl sagen.«
»Heißt das, daß Sie an ihn glauben?«
»Das heißt es.«
»Als Sohn Gottes?«
»Gewiß.«
Ohne das geringste Zögern. Ohne jedwede Einschränkung. Seelenruhig blickte er ins Objektiv und beantwortete meine Fragen mit unbekümmerter Aufrichtigkeit, entspannt, selbstsicher und völlig natürlich. Es war, als sei ich, nachdem ich bei Pilate und Nicodemus nur unergiebiges Felsgestein vorgefunden hatte, jetzt endlich auf Öl gestoßen.
»Warum?« fragte ich. »Warum glauben Sie an ihn?«
»Er hat mich frei gemacht«, sagte er schlicht.
»Frei wovon?«
»Frei von mir selbst«, entgegnete er, und irgendwie erschien es völlig natürlich, daß er, der korrumpierte Steuereinnehmer mit dem Zerrbild eines Gesichts, vor der Fernsehkamera metaphysische Fragen erörterte.
»Wie hat er das gemacht?«
»Er vergab mir. Sah mich auf der Straße und blickte nicht weg, wie die anderen, und verzieh mir, was ich

war.« Er lächelte. »Ich war auf einen Baum geklettert. Ich war neugierig. Hatte viel von ihm gehört. Wollte ihn vorbeiziehen sehen, wissen Sie. Wollte sehen, wie er aussah. Ließ mich aber keiner durch. Bin nicht gerade beliebt in der Stadt. Ist ja auch nicht zu erwarten. Seit Jahren hab ich sie ausgenommen. Hab auch kein Geheimnis draus gemacht. War sogar stolz drauf. Fing aus dem Nichts an und arbeitete mich hoch. Machte viel Geld dabei, aber keine Freunde. Als sie mich erkannten, rückten sie zusammen, um mir die Sicht zu versperren. Darum kletterte ich auf den Baum. Grad zur rechten Zeit. Er war schon da, direkt unter mir. Es war ein ganz schönes Getöse. Ihm jubelten sie zu, mich pfiffen sie aus. Und er guckte hoch, um zu sehen, wen sie da in der Mache hatten. Und er sagte: ›Nun, Regem Zaccheus, willst du mich nicht zum Abendessen einladen?‹ Und wissen Sie was, Jungchen, das war das erste Mal seit über vierzig Jahren, daß einer ein nettes Wort an mich gerichtet hatte.«

Ich nickte ihm aufmunternd zu. Nicht, daß er's nötig hatte. Er war eifrig wie ein Kind, das sein Herz ausschütten muß.

»Ich hab eine harte Schule durchgemacht«, fuhr er fort. »Mußte schon mit fünf Jahren auf eigenen Füßen stehen. Da war keiner, der mich in den Schlaf sang. An Unterricht war nicht zu denken. Gab auch keinen, der mal ein gutes Wort für mich einlegte. Mußte alles auf eigene Faust machen.« Er schüttelte den Kopf. »Die meiste Zeit meines Lebens habe ich für Rom gearbeitet, Mr. Tennel, aber ich bin immer noch ein Jude. Ein Sohn Abrahams. Und wir Juden haben ein Gebot – ›Liebe Gott und liebe deinen Nachbarn‹, so lautet es. Aber natürlich befolgen wir das Gebot nicht. Wir heucheln und kümmern uns nicht darum. Können uns das auch nicht leisten. So einfach ist das. Jeder Mensch verfügt nur über ein begrenztes Maß an Liebe. Grade genug für sich selbst und vielleicht für seine Frau und für seine Kinder. Vielleicht auch ein bißchen für seine engsten Freunde. Aber damit hat sich's. Nicht, daß er seine Nachbarn nicht lieben möchte. Aber er traut sich nicht, dazu langt's einfach nicht mehr. Liebe ist Luxus, Jungchen. Das ist mir schon sehr früh klar geworden.«

Die Augen in seinem häßlichen Gesicht waren von stiller, bannender Kraft. Im Geiste sah ich Patros in Rom vor mir und wünschte, er würde zuhören. Ich wußte, mit welchem Unwillen er die Äußerungen des Steuereinnehmers aufnehmen würde. Ihm geht's immer um Aktion. Wenn er in einer Sendung wirklich mal ein bißchen Philosophiererei zuläßt, dann wünscht er sich dafür einen Professionellen und nicht jemanden wie Regem Zaccheus.

»Die Priester versichern uns, daß es sich um Gottes Gebot handelt«, fuhr er fort. »Aber wenn das stimmt, dann ist auch Gott ein Luxus. Auch ihn können wir uns dann nicht leisten. Und deshalb verwahren wir ihn auch in der Kirche, so wie man Kunstschätze im Museum verwahrt. Zu Hause können wir ihn uns nicht leisten. Ab und zu gehen wir in die Kirche und gucken ihn uns an, mehr ist nicht drin.

Jesus Davidson, der begriff das. War sein Leben lang arm. Fing als Schreiner an, und da schwimmt keiner im Geld. Hatte nie ein Haus. Besaß nur einen einzigen Anzug. Kein Auto, keinen Kredit, keine Lebensversicherung. Nichts. Dreiunddreißig Jahre alt und nannte keinen Pfennig sein eigen.« Er hob die Augenbrauen. »Konnte sich's nicht mal leisten, in den Tempel zu gehen, um Gott zu besuchen. Hatte nicht genug Geld, um sich ein Opfer zu kaufen, wie sie die Priester dort auf dem Markt anbieten, so als eine Art Eintrittskarte.« Er grinste mich zufrieden an. »Davon haben Sie sicher ge-

hört, nich? Wie er's den Geldwechslern eingetränkt hat?«
»Ja«, sagte ich.
Er nickte. »Hätt ich zu gern gesehen. Ein schöner Wirbel muß das gewesen sein.« Er lehnte sich vor, sein Gesicht war plötzlich ernst. »So ein Mann war das«, sagte er. »Dem konnte man trauen. Der gehörte wirklich zu uns, verstehen Sie. Der Gott, um den die Priester solch einen Zauber machen, der war nichts für ihn. Eingesperrt in die Kirche, Zutritt nur, wenn man mächtig was berappt. ›Dies ist nicht mehr das Haus meines Vaters‹ – das waren seine Worte.‹« Zaccheus stach seinen Zeigefinger in Richtung Kamera. »Wissen Sie, was letzten Freitag passierte, als sie ihn aufhängten? Der große Vorhang vor dem Heiligsten der Heiligtümer im Tempel riß mitten durch, fetzte auseinander von oben bis unten, und als man dahinter blickte, fand man nicht die Spur von irgendwas.« Er grinste. »Haut einen um, Jungchen, nich? All die Jahre haben wir Opfer gekauft, damit wir rein durften und den Vorhang angucken, so richtig mit Glotzaugen, weil uns die Priester erzählten, daß Gott dahinter wohne. Und dabei war alles nur Schwindel. Nichts war dahinter. Nichts als Leere und Staub und ein paar Spinnweben.
Er wußte das natürlich. ›Das Reich meines Vaters‹, sagte er, ›findest du überall. In deiner Stadt. In deinem Haus. In deinem Herzen. Man braucht kein Geld, um dorthin zu gelangen, ja, Menschen mit viel Geld haben es sogar besonders schwer. Alles, was man braucht, ist Liebe.‹«
Er schwieg einen Augenblick. Über uns hörten wir das Poltern von Möbeln und Fußgetrappel auf der Treppe.
»Es war das einzige, was er hatte«, fuhr Zaccheus fort. »Liebe. Und das war es, was er mir gab.«
Ich konnte mir lebhaft vorstellen, mit welcher Wucht

diese Worte in unseren römischen Studios einschlagen würden. Eine Menge merkwürdiger Vögel treibt sich da rum, besonders, so komisch das auch klingt, in der Nachrichtenabteilung. Griechen in der Hauptsache; Intellektuelle, die gegen die aggressive Maskulinität Roms rebellieren. Männer mit außergewöhnlicher Begabung, die einander mit ›Liebling‹ anreden. Die Wirkung, die dieser häßliche kleine Mensch mit seinem unbefangenen Gerede von der Liebe eines Schreiners aus Galiläa auf sie haben mußte, durfte sich zweifelsohne sehen lassen.
»Er teilte sie mit mir«, sprach er weiter. »Saß an meinem Tisch und aß mein Brot und gab mir Liebe. Wenn man einen Menschen wirklich kennenlernen möchte, dann nur so. Sich hinsetzen und mit ihm essen. Und genau das tat er, Jungchen. Das war nicht mehr Gott in der Kirche, teuer und unzugänglich. Als er kam, war Gott in meinem Haus, er wurde zu einem von uns, und er vertraute uns, wie es nur ein Freund kann.«
Greg hatte ihn jetzt nah. Ein Lächeln war in seinen Augen, Lichtreflexe tanzten. »Das ist es, das ist die Liebe«, sagte er. »Vertraue deinem Nachbarn, vertrau dich ihm an, überlasse dich ihm, überlasse ihm, was dein ist. Deine Gedanken, deine Vorstellungen, deine Träume. Nicht nur dein Geld. Alles. Das, wonach du dich sehnst. Auch das, was dich nachts keinen Schlaf finden läßt. Öffne deine Tür und laß ihn ein, damit er sich bei dir umschauen kann. Leg deine Karten offen hin. Wenn du's so machst, Jungchen, dann hat er dich wirklich in der Hand. Wie in diesem Lied, wie heißt's doch noch – Ich gebe mich dir ganz und gar.«
»Ein bißchen drastisch, finden Sie nicht?« fragte ich.
»Macht einen fix und fertig, Jungchen, und wie, aber ja. Geht einem gegen den Strich, klar. Als ob man irgend so einem Dunkelmann eine geladene Pistole in die Hand drückt, sich die Jacke aufknöpft und ihn auf-

fordert, sich zu bedienen.« Er grinste und schüttelte den Kopf. »Das Komische ist nur, daß es einen frei macht. Spielt einfach keine Rolle mehr, verstehen Sie? Man ist rausgekrochen aus seinem Loch und steht jetzt im Freien. Zum erstenmal in seinem Leben hat man genügend Mumm aufgebracht, sich zu sehen, wie man wirklich ist. Kommt einem vor, als ob man aus dem Gefängnis ausgebrochen wär, Jungchen. Man braucht nicht mehr zu heucheln. Man braucht sich nicht mehr hinter einer Fassade zu verkriechen, an der man sein ganzes Leben gebaut hat. Man ist frei.«

Da war er wieder. Der uralte Traum von der Freiheit. Pilate und Nicodemus hatten wohl begriffen, daß dieser Traum in Jesus Davidson Wahrheit geworden war, und eben das hatte sie so verwirrt und bestürzt. Auch Regem Zaccheus hatte es erkannt, aber für ihn lag darin nichts Unheimliches. Für ihn war das Wunder bare Wirklichkeit.

»Mr. Zaccheus«, fragte ich, »was werden Sie mit Ihrer Freiheit anfangen?«

»Ich werde leben«, erwiderte er, als läge die Antwort klar auf der Hand; als fände mit diesen knappen drei Worten der Sinn des menschlichen Daseins seine volle Erklärung. Mir dämmerte, daß er eine völlig neue Sprache sprach, eine religiöse Sprache, in der gewöhnliche Worte wie Liebe und Freiheit auf bisher unbekannte Weise gebraucht wurden. In seinem Vokabular wurden diese Alltagswörter, die abgewetzt waren und stumpf, verschlissen in unzähligen Gesprächen, entwertet in Gerichtshöfen und Geschäftshäusern, in Läden, im Fernsehen und in der Politik, zu gewissermaßen technischen Ausdrücken, genau so außergewöhnlich wie jene, die Physiker und Mathematiker im Munde führen. Wie frisch geprägte Münzen funkelten sie aus seinen Sätzen, und offenbar besaßen sie großen Wert für ihn, eine gänzlich neue und erregende Bedeutung. Um welche Bedeutung es sich jedoch genau handelte, war nicht leicht zu umreißen.

Ich sagte: »Soweit ich sehe, stehen Sie im Begriff, Ihr Haus hier in Jericho aufzugeben?«

»Stimmt.«

»Sie geben es buchstäblich weg?«

»Ja.«

»Auch die Möbel?«

»Haus, Möbel, Bankkonto – alles.«

»Handeln Sie nicht vielleicht etwas überstürzt, Mr. Zaccheus?«

»Da denke ich anders drüber ...«

»Aber sicher ist doch Ihr Haus und ...«

»Brauch ich nicht, Jungchen. Brauch ich alles nicht. Das war ich, verstehen Sie? Das hatte ich alles aufgebaut, um mir ein gewisses Ansehen zu verschaffen. Es war meine persönliche Antwort an die Männer, die mich in der Gosse halten wollten. Aber jetzt – nun, es spielt einfach keine Rolle mehr. Ich brauche weder Haus noch Geld, um wer zu sein. Ich bin auch so wer. Ich habe meine Freiheit, verstehen Sie? Völlige und unbeschränkte Freiheit. Und das ist alles, was ein Mensch braucht. Mehr gibt es einfach nicht, Jungchen.«

So wie er es herausbrachte, klang es großartig. Und gefährlich. Langsam begriff ich, warum Pilate und der Sanhedrin von panischer Furcht gejagt wurden. Wenn es Jesus Davidson gelungen war, selbst einem Mann wie diesem korrumpierten Steuereinnehmer derartige Vorstellungen einzuflößen, dann war es wirklich mehr als verständlich, daß man ein wachsames Auge auf ihn haben mußte. Ja, das war es: ihn im Auge behalten und bei passender Gelegenheit zum Schweigen bringen.

Ich fragte: »Und wohin wollen Sie jetzt?«

»Nach Norden«, erwiderte er, »um ihn wiederzusehen.«

»Davidson?«
»Ganz recht.«
»Und was tun Sie danach?«
»Keine Ahnung«, gab er unbekümmert zur Antwort. »Das weiß er am besten.«
»Mr. Zaccheus«, sagte ich, sorgsam meine Worte abwägend, »das klingt ganz, als wären Sie davon überzeugt, daß er wieder am Leben ist.«
»Aber natürlich ist er am Leben. Da gibt es keinen Zweifel. Auch nicht den geringsten.«
Das nahm sich alles ganz interessant aus, aber irgendwelche Beweiskraft saß nicht dahinter. Zaccheus glaubte nun einmal an die Wiederauferstehung. Davidson hatte ihn nett behandelt und der öffentlichen Meinung getrotzt. Und natürlich war Zaccheus jetzt bereit, Stein und Bein darauf zu schwören. Wenn wir aber die Zuschauer davon überzeugen wollten, daß Davidson tatsächlich wieder am Leben war, dann brauchten wir schon etwas Greifbares, mehr als bloße freundschaftliche Ergebenheit, so warm einem ums Herz dabei auch werden mochte. Als ich vor dem Interview versucht hatte, ihn wegen konkreter Tatsachen auszuholen, war er ziemlich zugeknöpft.
»Diese Geschichte, daß Davidson wieder am Leben sein soll«, nahm ich den Faden erneut auf, »glauben Sie denn wirklich daran?«
»Natürlich«, versicherte er.
Der selbstgewisse Klang seiner Stimme reizte mich. Ich war müde, und in der Küche war es stickig. Ich hatte nicht die geringste Lust, mich von einem Mann wie Zaccheus bevormunden zu lassen.
»Da gibt es kein ›Natürlich‹!« fuhr ich ihm scharf in die Parade.
»Wieso nicht? Er hat gesagt, daß er von den Toten auferstehen würde, und er hat's getan.«

»Sie waren demnach anwesend, als es geschah?«
»Nein.«
»Aber Sie haben ihn inzwischen zu Gesicht bekommen?«
»Noch nicht.«
Ich nickte. »Es ist also nichts weiter als ein Gerücht.«
Aus dem Stockwerk über uns scholl besonders lautes Gepolter. Er grinste und legte seinen Kopf in den Nakken. »Das sind die Burschen, die meine Möbel rausschleppen, Mr. Tennel«, entgegnete er. »Glauben Sie etwa, ich würde das alles weggeben, bloß auf ein Gerücht hin?«
»Na schön«, sagte ich. »Ein Vögelchen hat Ihnen also was vorgesungen?«
»So kann man's nennen.«
»Zuverlässig?«
»Zuverlässig wie die Nationalbank, Jungchen.«
»Nun sagen Sie schon, von wem Sie's haben.«
»Von der Magdala.«
»Sie meinen die ehemalige Bauchtänzerin?«
Er nickte. »Sie hat mich heute morgen angerufen.«
»Und Ihnen erzählt, daß er am Leben ist?«
»Ja.«
»Und das nennen Sie eine zuverlässige Information? Ein Telefonanruf von einer Bartänzerin?« Ich schüttelte den Kopf. »Tut mir leid, Mr. Zaccheus, aber damit kann ich leider gar nichts anfangen.«
Er zuckte die Schultern. »Dann müssen Sie's eben bleiben lassen, Jungchen.«
»Immer mit der Ruhe«, sagte ich. »Schließlich kann ich mich nicht morgen abend vor die Kamera stellen und den Leuten versichern, daß Jesus Davidson wieder am Leben ist, bloß weil Sie von einer Bauchtänzerin einen Telefonanruf gekriegt haben.«
»Ich höre immer Bauchtänzerin«, sagte er. »Was hat denn ihr früherer Beruf damit zu tun? Sie hat ihn ge-

sehen und mit ihm gesprochen. Und damit hat sich's, will ich meinen, nich?«

»Ihn gesehen?« hakte ich nach. »Sie behaupten, sie hat ihn heute morgen gesehen?«

Er nickte. »So gegen fünf Uhr. Im Garten, direkt vor dem Grab.«

»Und er soll mit ihr gesprochen haben?«

»Genau. Gab ihr eine Botschaft an alle seine Freunde mit auf den Weg. Er will in Galiläa mit uns zusammentreffen.«

»Mr. Zaccheus«, drängte ich. »Ich muß dieses Mädchen unbedingt sehen.«

Er maß mich mit einem zweifelnden Blick. »Ich sehe nicht ein, wozu. Ich habe Ihnen ja gesagt, was sie mir am Telefon ...«

»Das reicht nicht, so vom Hörensagen«, widersprach ich. »Ich brauche vor der Kamera nun mal einen Augenzeugen.«

Er zögerte. »Also, ich weiß nicht recht, Mr. Tennel.«

»Sie befindet sich doch in Jerusalem, oder nicht?«

»Doch. Sie sind ja alle dort. Die Magdala und Peter Johnson und die Gebrüder Zebedee – alle ohne Ausnahme. Aber das ist es ja eben. Sie halten sich versteckt, und das ist momentan auch das beste. Kitzlig wird's erst, wenn sie sich nach Norden aufmachen, wo doch der Sanhedrin und die Polizei und die Armee sich reinweg umbringen, um sie zu kaschen. Im Augenblick möchte ich da lieber nichts sagen, sonst wird der Boden für sie noch heißer.« Er blickte mich mit neuentfachter Hoffnung an. »Können Sie's nicht ein bißchen aufschieben? Bis nach unserer Zusammenkunft im Norden, verstehen Sie, dann wissen wir besser, wie wir dran sind. Sagen wir, nächste Woche. Das könnte man doch ...«

»Zu spät«, unterbrach ich ihn. »Die Sendung ist für morgen angesetzt.«

Er schüttelte den Kopf. »Das paßt mir nicht, Mr. Tennel. Die vertrauen mir doch. Ihren Aufenthaltsort kann ich Ihnen auf gar keinen Fall verraten ...«
Ich brauchte noch zehn Minuten, bis ich ihn endlich so weit hatte. Und selbst dann wollte er kaum mit dem Notwendigsten rausrücken. Ich mußte ihm versprechen, daß ich keinen Druck auf die Magdala ausüben würde, falls er mir ihre Adresse gab. Außerdem mußte ich ihm zusichern, daß ich niemandem ihren Unterschlupf preisgeben würde, wenn sie das Interview abschlug. Nachdem er mein Wort hatte, schien er sehr erleichtert. Er kritzelte die Adresse auf ein Stück Papier und reichte es mir.
»Vielen Dank für Ihr Vertrauen«, sagte ich.
Er lächelte. »Danken Sie nicht mir, Mr. Tennel. Danken Sie Jesus Davidson. Er ist es, der Vertrauen zu Ihnen hat.«
»Erzählen Sie doch noch mehr von ihm«, bat ich.
Von da ab war alles glatt gelaufen.

Als wir aufbrachen, wurden gerade die letzten Möbel im Lastwagen verstaut. Zaccheus begleitete uns zu unserem Auto und wartete, während wir uns in die Sitze zwängten. Ich kurbelte das Fenster herunter und streckte meine Hand hinaus.
»Auf Wiedersehen also und vielen Dank für Ihre Hilfe.«
»Sie haben die Adresse sicher verwahrt, nich?«
Ich nickte.
»Und nich vergessen, Jungchen. Es ist ganz und gar ihre Sache, ob sie den Mund aufmachen will.«
»Darauf können Sie sich verlassen.«
Er schüttelte mir die Hand mit festem Druck. Das Licht der Straßenlaterne meißelte sein Gesicht in grausamem Relief, zeichnete jeden Winkel der vernarbten

Haut nach und ließ die klobige Hakennase scharf hervortreten.

»Schalom«, grüßte er.

»Schalom, Jungchen«, erwiderte ich, »auf ein langes Leben, damit Sie noch auf viele Bäume klettern können.«

Er warf den Kopf in den Nacken und lachte mit weit geöffnetem Mund. Dober warf einen Gang rein und schon spritzten wir los und ließen ihn hinter uns zurück mit dem leergeräumten Haus im Hintergrund und seinem schallenden Gelächter, das durch die Straße widerhallte.

»Doller Kerl«, sagte Greg.

»Finde ich auch.«

»Hätte ihn nie für einen frommen Menschen gehalten.«

»Ich auch nicht«, stimmte ich zu und überlegte mir, daß es da vielleicht eine Vorstellung zu revidieren gab.

8

»Aber natürlich ist er am Leben.« Selbstbewußt, fast dreist klang die heisere Stimme von Regem Zaccheus aus dem Monitor.
»Da gibt es keinen Zweifel. Auch nicht den geringsten.«
Das kam so überzeugt heraus, als habe er Brief und Siegel darauf. Auf die Zuschauer würde das seine Wirkung sicher nicht verfehlen. Die anschließende kleine Unterbrechung paßte mir deshalb gut ins Konzept.
Ich lehnte mich zurück, während auf dem Bildschirm Zaccheus' Gesicht ausblendete und an seiner Stelle ein weißer, fünfzackiger Stern aufstrahlte, der die Werbesendung ankündigte. Die roten Signallampen erloschen zum Zeichen, daß im Augenblick nicht aus unserem Studio übertragen wurde. Eines der Mädchen schlängelte sich zwischen den Kameras durch und brachte mir eine Tasse Kaffee. Ich stand auf und streckte mich und entfernte mich aus dem Bereich der Scheinwerfer. Der Aufnahmeleiter gesellte sich zu mir, und gemeinsam schlürften wir das heiße Getränk.
»Bisher alles bestens«, sagte er.
Wie auf ein Stichwort lärmte das Telefon auf dem Schreibtisch los. Ich nahm den Hörer ab und machte mich auf einen Wutausbruch von Patros gefaßt. Aber

es war nur Nick Kapper, der aus seiner Produzentenkabine zu mir sprach.
»Gut gemacht, Cass«, versicherte er, und das war schon fast ein Blumengewinde, da er doch fürchtete, wir könnten uns bei dieser Geschichte schwer in die Nesseln setzen. »Ich hab hier jemanden für dich, der das Tüpfelchen auf dem i sein könnte.«
Auf dem Bildschirm des Monitors lag sich ein Pärchen in den Armen und küßte sich zu gedämpfter Streichermusik, dem Ausklang eines Werbespots für irgendein Mundwasser. Auf einen Wink von mir wurde der Apparat leiser gestellt.
»So?« fragte ich. »Wen denn?«
»Einen gewissen Cleopas«, erklärte Kapper. »Behauptet, daß Davidson gestern abend in seinem Haus zu Besuch war. Hatte offenbar ein längeres Gespräch mit ihm.«
»Glaubwürdig?«
»Denk schon. Scheint eine ehrliche Haut zu sein. Und nimmt kein Blatt vor den Mund.«
»Meinst du, daß ich ihn vor die Kamera kriege?«
Kapper lachte. »Da sei man unbesorgt. Die Frage ist eher, wie du ihn wieder wegkriegst. Der hat uns hier eine Viertelstunde lang das Trommelfell zerbeult.«
»Und wo steckt er jetzt?«
»In der Kantine. Miriam hat ihn zu einer Tasse Kaffee eingeladen. Willst du ihn in die Sendung reinnehmen?«
»Weiß noch nicht, Nick. Das kommt so Knall und Fall. Knifflige Angelegenheit.«
»Bleibt dir überlassen, Cass. Immerhin ist er ein weiterer Augenzeuge, den kannst du dir nicht so einfach schenken.«
»Weiß ich«, war meine Antwort. »Die Frage ist bloß, wo soll ich jetzt noch hin mit ihm?«
»Du mußt eben was anderes wegfallen lassen. Viel-

leicht diesen Lastwagenfahrer – wie heißt er doch noch . . .?«
»Didymus.«
»Richtig. Den kannst du bestimmt über Bord schmeißen, ohne daß die Sendung drunter leidet. Es könnte sogar ein Vorteil sein.«
Ich blickte zum Monitor und überlegte. Auf dem Bildschirm lief gerade ein Reklametrickfilm für Kühlschränke. Nach bekanntem Muster tummelte sich ein Haufen Kobolde in einem veralteten Modell, und um zu demonstrieren, daß es wirklich schrottreif war, zündeten sie in der Gefrierbox Feuerchen an und kippten eimerweise Wasser über die Lebensmittelfächer, wobei der Schalter auf Abtauen stand. Doch so faszinierend ihre besessene Geschäftigkeit auch war, im Augenblick hatte ich für Kobolde wenig übrig. Vor meinem inneren Auge erschien der unter hochgetürmter Holzfracht schwankende Lastwagen und die untersetzte, mit Niethosen und Lederjacke bekleidete Gestalt des Thomas Didymus, der sich halsstarrig mit den Wachsoldaten herumzankte . . .

Am Sonnabend um halb zwölf waren wir, von Bethanien kommend, bei Getsemane von der Landstraße nach links abgebogen und den steilen Hang zum Damaskustor hinaufgefahren. Während der Fahrt von Jericho war die Straße menschenleer gewesen, doch als unser Wagen die Anhöhe erklomm, sahen wir das gleißende Licht von Bogenlampen, das auf einen Schlagbaum fiel. Es war, als hätten wir eine Filmszenerie vor uns. Gegen den Hintergrund des Tores und der Steinmauer hoben sich Soldaten mit Maschinenpistolen und automatischen Gewehren ab, und unter den Scheinwerfern in der Nähe des Jeeps drängte eine kleine Gruppe von Reisenden gegeneinander. Als wir näherkamen, trat ein Unteroffizier aus der Baracke neben den Schlagbaum und hielt sich, Gewehr in der Hand, für uns bereit. Dober verlangsamte die Fahrt und brachte den Wagen im Zentrum der Lichterflut zum Stehen.

»Ihre Papiere«, forderte der Korporal.

Ich reichte ihm unsere Pässe und die Sonderausweise. Er überprüfte sie in aller Ruhe und gab sie mir zurück.

»Danke.«

»Was soll das Ganze?« fragte ich.

»Die üblichen Sicherheitsvorkehrungen.«

»Wogegen?«

Das junge Gesicht unter dem spitzen Käppi lächelte unfreundlich. »Gegen böse Überraschungen, wogegen sonst?« Das harte Licht glitzerte auf dem metallenen Rangabzeichen an seinem Käppi und schimmerte kalt vom Lauf seines Gewehres. »Sie sind wohl auf dem Rückweg zu den Studios?«

»Noch nicht«, erwiderte ich. »Wir müssen zuvor noch jemanden in der Stadt aufsuchen.«

»Leider ausgeschlossen. Die Stadt ist bis morgen gesperrt. Niemand rein, niemand raus. Befehl vom Generalgouverneur.«

»Augenblick mal«, protestierte ich. »Die Sache ist wichtig. Wir stellen gerade eine Sendung über Jesus Davidson zusammen, und wir müssen unbedingt ...«

»Ah«, machte er. »Dann wissen Sie ja genau, worum es sich dreht, nicht wahr?«

»Worum sich was dreht?«

»Die Ausgangssperre. Die üblichen Sicherheitsvorkehrungen, wie ich Ihnen schon sagte. Die Leute schnappen manchmal etwas über. Stellen die verrücktesten Sachen an. Da muß man ihnen ein bißchen auf den Füßen stehen. Sie vor sich selbst schützen, sozusagen.«

Aus dem Augenwinkel beobachtete ich, daß auf der anderen Seite des Autos zwei weitere Soldaten Stellung bezogen. Es waren riesige Gestalten, die sich mit lässiger, ja nachlässiger Präzision bewegten, was erregend und bedrohlich auf mich wirkte.

Greg sagte mit ruhiger Stimme: »Zehnte Legion, Cass. Bei denen schmierst du ab.«

Ich wußte, daß er recht hatte, aber so rasch wollte ich die Flinte nicht ins Korn werfen.

»Hören Sie mal, Korporal«, sagte ich. »Sie haben doch unsere Ausweise gesehen.«

»Alles in bester Ordnung. Ihr Kommen war uns für heute abend angekündigt.«

»Es sind Sonderausweise, wie Sie feststellen konnten. Ausnahmegenehmigungen.«

»Stimmt haarscharf.«

»Nun, und?«

Er schüttelte den Kopf. »Leider nichts zu machen. In die Stadt können Sie jetzt trotzdem nicht.«

Ich blickte an ihm vorbei zu der Menschengruppe beim Jeep und zur schwarzgestreiften Wand des Wachhäuschens.

»Haben Sie da drin ein Telefon?«

Er nickte.

»Kann ich's mal benutzen? Ich möchte ein paar Worte mit Ihrem vorgesetzten Offizier wechseln.«

Er zuckte leicht zusammen. »Das würde ich an Ihrer Stelle bleiben lassen.«

»Ich möcht's trotzdem versuchen.«

»Ich kann Sie davon natürlich nicht abhalten. Aber wenn Sie meinen Rat hören wollen, so . . .«

»Danke«, unterbrach ich ihn und stieg aus dem Wagen.

An der Wand über dem Telefon hing eine Liste mit verschiedenen Nummern. Ich erwischte die Kasernen und fragte nach dem Kommandierenden Offizier.

»Wer sind Sie denn?« Der Telefonist war auf der Hut.

Ich nannte meinen Namen.
»Verstanden. Na, dann werde ich am besten zum Ordonnanzoffizier durchstellen.«
»Nein«, protestierte ich. »Ich möchte mit dem ...«
In der Leitung knisterte es scharf, und ich vernahm das stete Summen des läutenden Telefons am anderen Ende.
»Hier Ordonnanzoffizier.«
»Ich heiße Tennel«, meldete ich mich. »Ich gehöre zu einem Sonderteam der KFG und ...«
»KF was?«
»Kaiserliches Fernsehen. Ich möchte gern den Kommandierenden Offizier sprechen.«
»Oberst Macer? Sie möchten mit dem Oberst sprechen?«
»Ja.«
»Ist das Ihr Ernst?« Er war so verdutzt, daß seine glatte, roboterhafte Stimme fast einen menschlichen Klang annahm.
»Allerdings«, sagte ich ungeduldig. »Und zwar sofort.«
Eine kleine Pause trat ein. »Worum handelt es sich, Mr. Tennel?«
»Um eine äußerst dringende Angelegenheit.«
»Lieber Freund, das will ich hoffen. Wer den Alten um diese Nachtzeit stört, ohne wenigstens einen bewaffneten Aufstand servieren zu können, der muß schon meschugge sein.«
»Verbinden Sie mich nur mit ihm«, versicherte ich. »Ich übernehme die volle Verantwortung.«
»Das will ich meinen, alter Knabe. Aber damit hat sich's leider noch lange nicht. Ich brauche präzisere Auskünfte.«
»Hören Sie«, sagte ich. »Wir stehen mit unserem Wagen an der Straßensperre vor dem Damaskustor, und wir wollen in die Stadt. So einfach ist das.«
»Genau so einfach wie die Antwort, alter Knabe. Es geht nicht.«

»Damit werde ich mich nicht abspeisen lassen. Ich muß noch heute nacht in die Stadt. Da ist jemand, den ich für eine Sendung interviewen muß. Es ist dringend.«
»Oh? Wen denn?« Seine Stimme nahm plötzlich einen wachen, wißbegierigen Ausdruck an.
»Nein«, erwiderte ich, meines Versprechens an Zaccheus eingedenk. »Das kann ich Ihnen nicht verraten. Geben Sie mir den Obersten.«
»Ich will Sie in ein Geheimnis einweihen«, erklärte er. »Der Alte kann Fernsehen nicht ausstehen. Der würde Sie bei lebendigem Leibe rösten.«
»Darauf will ich's ankommen lassen.«
»Leider ausgeschlossen, fürchte ich.«
»Wollen Sie mich etwa nicht mit ihm verbinden?«
»Sie haben's erfaßt«, entgegnete er zuvorkommend. »Warten Sie bis morgen früh, alter Knabe. Das Tor wird um halb sechs geöffnet.«
»Dann könnte es zu spät sein«, beschwor ich ihn. »Ich habe Ihnen doch gesagt, daß es dringend ist.«
»Nichts zu wollen, alter Knabe.«
Ich spielte meinen letzten Trumpf aus. »Als ich heute morgen mit dem Generalgouverneur sprach – er wird übrigens in der Sendung zu sehen sein –, da war er wesentlich hilfsbereiter als Sie. Komisch, nicht?«
Aber er zögerte nicht einmal. »Ja«, sagte er unbewegt, »wirklich komisch, nicht?«
Ich legte den Hörer auf und drehte mich um. Der Unteroffizier stand an der Tür. Er hob die Augenbrauen. »Keine Siegesfanfare, hm?«
»Nein.«
»Ach«, seufzte er. »Du schnöde, schnöde Welt.«
Greg wartete am Schlagbaum auf mich. »Wir gucken immer noch dumm aus der Wäsche, wie?«
Ich nickte. »Ich konnte bei denen überhaupt nicht landen.«

»Na ja, Versuch macht klug.«
Hinter ihm, angestrahlt vom gleißenden Licht der Bogenlampen, ragte höhnisch die eisenbeschlagene Wand des Damaskustores in die Höhe. Verbissen kniff ich die Augen zusammen. Irgendwo im engen Gassengewirr dahinter befand sich unser einziger Augenzeuge. Ich rechnete nicht damit, daß wir Mary Magdala am Morgen nach Aufhebung der Ausgangssperre noch vorfinden würden. Wahrscheinlicher war, daß sie sich dann schon auf dem Wege nach Nazareth befand und wir sie nicht mehr rechtzeitig für die Sendung erwischen würden.
»Der Herr Generalgouverneur und seine Schutzmaßnahmen«, sagte ich. »Mindestens eine halbe Stunde, bevor geöffnet wird, steht das Volk auf der anderen Seite dicht an dicht, so daß an ein Durchkommen überhaupt nicht zu denken ist. Keine Lücke werden sie uns lassen. Die Aussicht, die Magdala noch abzufangen, ist gleich Null.«
»Wenn sie schlau ist, mischt sie sich unter die Menge und schlüpft mit dem ganzen Volk durch, ohne erkannt zu werden«, ergänzte Greg.
Er reichte mir eine Zigarette und riß ein Streichholz an. »Wir haben morgen wieder einen schweren Tag vor uns, Cass.«
Ich nickte.
»Inzwischen«, fuhr er fort, »haben wir einen kleinen Trostpreis für dich.« Er deutete auf den Wagen. »Siehst du den Kerl, der da mit Dober spricht?«
Ich erblickte eine kurze, gedrungene Gestalt; ausgeblichene Niethosen; ein breites, dreckverschmiertes Gesicht unter schütterem Haar.
»Gibt nicht gerade viel her, nicht?« meinte Greg. »Paßt aber verdammt gut in unsere Kollektion.«
»So? Wer ist er denn?«

»Sein Name ist Didymus, Thomas Didymus. Und der Laster da, bei dem sich die Holzfracht selbständig machen möchte, der gehört ihm. Er ist Schreiner.«
»Na, doll«, sagte ich. »Und was erwartest du jetzt von mir? Eine Jubelhymne auf Didymus?«
»Warum nicht?« lachte Greg. »Er gehört immerhin zu Davidsons Leuten.«

Aus dem Monitor quollen imposante Wortblasen, die darauf abzielten, leichtgläubige Gemüter mit ihrer Pseudowissenschaftlichkeit einzuseifen. Ein Detergent mit einem mirakulösen Ingredienz garantierte ein noch weißeres Weiß als das weißeste Weiß meines Lebens.
»Also was meinst du, Cass?« fragte Kapper.
Ich schloß die Augen. Das Interview mit Thomas Didymus war so scheußlich fruchtlos gewesen. Mit Erlaubnis des Unteroffiziers waren wir über die Ringstraße, die halb um die Stadt herumführte, zu den Studios zurückgekehrt, und wir hatten Didymus überreden können, uns zu begleiten. Vor der Kamera hatte er uns bereitwillig Auskunft gegeben. Doch was er zu sagen hatte, war in hohem Maße unergiebig.
»Ich habe nichts zu verbergen«, erklärte er. »Jesus Davidson ist tot, und damit ist der Fall erledigt.«
Diese nüchterne, mit ausdrucksloser Stimme getroffene Feststellung nahm mich ziemlich mit. Schließlich war dieser Mann einer der engsten Freunde Davidsons, einer jener elf, die ihm von Anfang an gefolgt waren. Ich hatte zumindest erwartet, daß er sich rückhaltlos für die Geschichte von der Wiederauferstehung einsetzen würde. Aber als ich das zum Ausdruck brachte, schüttelte er bloß den Kopf.
»Sind uns sauer angekommen, die letzten paar Wochen«, erklärte er. »Verdammt sauer. Hat uns allen schwer zugesetzt. Besonders den Frauen. Die haben ge-

nug einstecken müssen, und jetzt sind sie fix und fertig. Wenn das so geht, Schlag auf Schlag, dann wird man weich, und natürlich fliegen bald Gerüchte rum, das kann gar nicht ausbleiben.«

»Das ist Ihre ehrliche Meinung? Gerüchte?«

»Ein schöner Traum, was sonst?« behauptete er. »Schließlich hab ich ihn sterben sehen, Kumpel.«

»Es sind nicht nur die Frauen, die's für wahr halten«, widersprach ich. »Auch Regem Zaccheus in Jericho ist davon überzeugt, daß ...

»Ich jedenfalls nicht«, beharrte er störrisch. »Mary Magdala meint, sie hätte ihn heute morgen gesehen. Schloß ihn in die Arme, sagt sie. Sprach mit ihm und was nicht noch. Na schön. Wenn mir das passieren sollte, will ich's auch gerne glauben. Aber bis dahin, bis ich ihn lebendig vor mir sehe und ihn anfasse, um sicherzugehen, daß er's wirklich ist ... nein, auf solche Geschichten von toten Menschen, die wieder erwachen, fall ich nicht rein.«

»Aber Sie haben doch wohl erwartet, daß er wieder zum Leben erwachen würde? Soweit mir bekannt ist, hat er oft genug behauptet, daß er von den Toten zurückkehren würde.«

»Was Sie nicht alles wissen«, stieß er wild hervor, seinen Körper auf dem Studiosessel mit Mühe zur Ruhe zwingend, die großen Hände um die Sessellehnen gekrampft. »Ich bin kein solcher wie Sie, Kumpel, keine Spur von Bildung bei mir und was nicht noch. Was er sagte, war mir meistens zu hoch.«

»Aber gesagt hat er's doch?« beharrte ich, um ihm eine Antwort abzunötigen. »Er hat doch gesagt, daß er wiederkommen würde?«

»Na gut, schön, ja. Er hat's gesagt.«

»Aber Sie glauben nicht, daß er's auch getan hat?«

»Bloß, weil die Magdala das behauptet? – Nein!«

»Sein Grab ist leer – was Ihnen natürlich bekannt ist.«
»Schon.«
»Meinen Sie, daß es ausgeraubt wurde?«
Er blickte mich mürrisch an. »Wär ja nicht das erste Mal, nicht?«
»Aber wer sollte daran Interesse haben?«
»Was weiß ich, Kumpel.« Seine Stimme war ausdruckslos, gleichgültig. Offenbar war, soweit es ihn betraf, der Vorhang am vergangenen Freitag ein für allemal gefallen. Alles, was danach geschehen war, blieb unwichtig und bedeutungslos – die verdrießlichen Einzelheiten einer Testamentsvollstreckung samt der Verfügung über die Hinterlassenschaften.
»Meinen Sie etwa, daß Johnson dahinter steckt?« fragte ich. »Oder einer von den anderen?«
»Wen wollen Sie für dumm verkaufen, Kumpel?« sagte er überdrüssig.
Ich betrachtete ihn nicht ohne Mitgefühl. Irgend etwas an seinem sturen Tatsachensinn erzwang meine Achtung; eine Art eingefleischter Wirklichkeitsnähe, die ihn als einen Mann kennzeichnete, den man sich zur Seite wünschte, wenn man in der Klemme saß. Seine Ergebenheit. Seine verzweifelte, unerschütterliche Treue.
»Sie wünschen ihn sich zurück, nicht wahr?« fragte ich. »Sie möchten, daß er wieder am Leben ist?«
Er nickte mit tiefernstem Blick. »Wenn Sie ihn gekannt hätten wie wir. Drei Jahre mit ihm zusammengelebt ...« Er blickte plötzlich auf, das Gesicht schutzlos preisgegeben.
»Wir haben an ihn geglaubt, verstehen Sie? Wir hielten ihn doch wirklich für Gott.«
»Warum? Wie kamen Sie dazu?«
»Wenn jemand auftaucht wie aus blauem Himmel und anfängt, Wunder zu wirken, würden Sie ihn dann etwa nicht für Gott halten, Kumpel?«

»Nun«, sagte ich, in Gedanken an Patros und die Zuschauer, »Wunder schlagen nicht gerade in mein Fach. Ich möchte lieber den Tatsachen auf die Spur kommen . . .«
»Sie haben wohl noch nie ein Wunder gesehen, Kumpel, wie? Nicht von einem gehört, der's von einem hat, der dabei war, sondern mit Ihren eigenen zwei Augen gesehen. Ist Ihnen noch nicht vorgekommen, wie?«
»Nein. Nein, bis jetzt noch nicht.«
Er nickte. »Mir aber, Kumpel. Unzählige Male.«
»Das ist allerdings was anderes, selbstverständlich«, pflichtete ich bei, ohne daß es mir ganz gelang, den Ton onkelhafter Besserwisserei zu unterdrücken.
Er sprang sofort darauf an und schüttelte angewidert seinen Kopf. »Ach nee, wie denn«, sagte er. »Nun brechen Sie sich man bloß keinen ab.«
»Verzeihung. Ich wollte durchaus nicht . . .«
»Schon gut, hören Sie man lieber zu. Wir gehen in ein Dorf, verstehen Sie? Immer ihm nach. Und da steht ein blinder Bettler an der Synagoge, gegen die Mauer gelehnt, Fliegen schwirren um ihn rum, und er winselt um ein Almosen, in der Faust einen Zinnkrug. Und er, er geht hin zu dem armen Teufel und tupft ihm gegen die Augendeckel, einfach nur so, und sagt ein paar Worte dazu. Und das arme Schwein öffnet die Augen, ganz weit öffnet er sie, wie ein kleines Kind, das ein Geschenk kriegt. Konnte auf einmal sehen, Kumpel. So im Handumdrehen.« Er schüttelte den Kopf, als verwirre ihn die Erinnerung daran auch jetzt noch. »Taube, Krüppel, Aussätzige, Stumme – war Hose wie Jacke, was ihnen fehlte. Berührte sie, sagte was und schon waren sie wieder obenauf. Und das ging so in einer Tour, nicht bloß so ab und an. Tag für Tag, Kumpel. Ohne Ausnahme.«
»Ja«, sagte ich. »Recht eindrucksvoll, gewiß.«

»Eindrucksvoll?« Seine Augenbrauen schnellten hoch. »War einfach irr, so schön war's. Nicht zum Sagen, so ist's. Ich weiß noch, einmal, da warn wir in einem Boot. Oben in Galiläa auf dem See, wissen Sie? Zur Nachtzeit war's, und der Wind stand gegen uns wie eine Mauer. Und er kam auf dem Wasser auf uns zu – wanderte einfach so über die Wellen, wie Sie und ich über ein Feld wandern. Und wieder ein andermal gerieten wir da draußen in einen Sturm. Das wütete wie mit Dreschflegeln, und die Dünung rollte. Und er sprach nur drei Worte, und schon war's vorbei. Der Wind fiel, der Mond glänzte, der See lag flach und still.
Wenn man erlebt hat, daß ein Mann so was fertigbringt, Kumpel, wie kann man dann noch daran zweifeln, daß er Gott ist?«
»Aber jetzt«, nahm ich den Faden auf, »haben Sie Ihre Ansicht doch geändert?«
Er blickte mich unfreundlich an. »Er ist tot, Kumpel!«
»Und das läßt alles in anderem Licht erscheinen?«
»Gott kann nicht sterben.«
Es war dieselbe Mauer, gegen die auch Nicodemus vergeblich angerannt war. Das kalte Faktum des Todes, hinter das kein Mensch vordringen konnte.
»Wie war er denn?« wollte ich wissen. »Als Mensch, meine ich.«
»Kann's nicht so sagen. War anders. Nicht so wie unsereins.«
»Sie meinen, er war ein Genie?«
»Ja, so könnte man's nennen.«
»War er ein guter Mensch, Mr. Didymus? Klug, mitfühlend, verständnisvoll?«
Er krauste die Stirn, den Blick geradewegs auf die Kamera gerichtet, ohne daß seine Augen jedoch zu fassen schienen, was sie vor sich sahen. »Es gibt dafür keine Worte«, sagte er langsam. »Gut, klug – das reicht alles

nicht aus, um ihn zu beschreiben. Trifft alles auf ihn zu und noch viel mehr, was solche Wörter meinen. Aber wenn man sie für ihn gebraucht, dann bedeuten sie auf einmal gar nichts mehr.«
Ich fragte: »Wie sah er denn aus? War er beispielsweise groß, hochgewachsen, meine ich, oder ...«
»Ja, so wirkte er immer. Wenn man mit ihm zusammen war, schien er immer alle zu überragen. Aber das ist's ja eben, was ich meine, daß nämlich Wörter nicht ausreichen, um ihn zu beschreiben. Denn wenn man ihn mit jemandem wie Peter Johnson vergleicht, war er nur mittelgroß.«
Ich lächelte. »Johnson soll ein ziemlicher Hüne sein!«
»Ja«, antwortete er. »Peter ist groß. Über eins achtzig und breit wie ein Schrank. Aber wenn er mit dem Herrn zusammen war, ich weiß auch nicht wie, aber irgendwie schien er einzuschrumpfen.«
»Haben Sie Davidson so genannt – Herr?«
Er nickte. »Sie sind Römer, und ich bin bloß ein Jude. Ein Yid. So nennt ihr uns doch. Dreckige kleine Yidden.«
»Aber«, fiel ich ein, »ich bitte Sie ...«
»Schon in Ordnung, Kumpel. Sie brauchen sich nicht zu entschuldigen. Was liegt schon an solchen Wörtern. Ihr Römer habt euch unser Land untern Nagel gerissen, aber uns könnt ihr nicht in die Tasche stecken. Aus uns werdet ihr nie römische Untertanen machen. Wir sind ein freies Volk, Kumpel, und wir nennen niemanden unseren Herrn. Aber ihn nannten wir so. Klang irgendwie richtig. Schien genau zu passen.«
Trotzig blickte er mich an. Aber hinter allem Trotz wurde ein gewisses Verlangen spürbar, die Sehnsucht nach dem Traum, der einmal Wirklichkeit zu werden schien.
»Mr. Didymus«, fragte ich, »worum ging es denn überhaupt? Was erhofften Sie sich von ihm?«

»Daß er die Regierung übernehmen würde, natürlich«, erklärte er. »Was denn sonst? Wir hielten ihn ja für den Messias.«
»Und das wird vom Messias erwartet? Daß er über euer Land herrscht?«
»Nicht nur über unser Land. Über die Welt. ›Und die Herrschaft wird auf seinen Schultern ruhen‹ – so heißt es bei uns über den Messias.«
Winzig und wie verloren unter dem grellen Licht hockte er auf seinem Stuhl. Ein so unauffälliger, so unbedeutender Mann, der von Weltherrschaft sprach wie von einem Betriebsausflug.
Ich sagte: »Es war Ihnen doch sicher klar, daß es sich um ein aussichtsloses Unternehmen handelte? Ein Dorfschreiner und eine Handvoll Männer gegen den Sanhedrin und Rom?«
»Ich habe Ihnen doch gesagt, daß wir ihn für Gott hielten«, widersprach er trotzig.
»Ja«, räumte ich ein, »natürlich, das haben Sie gesagt.« Ich wartete einen Augenblick, fügte dann hinzu: »Und was soll jetzt werden, Mr. Didymus? Jetzt, wo er tot ist, und Sie ganz auf sich allein gestellt sind? Gibt es da noch irgendeine Zukunft für Sie, für die ganze Gefolgschaft, meine ich?«
Er zuckte die Schultern. »Wen kümmert das. Es ist vorbei. Aus und erledigt.«
»Und was werden Sie jetzt anfangen?«
»Mich in die Arbeit stürzen. Das Geschäft wieder ganz von vorne aufbauen.«
Aber seine Stimme verriet, daß er keinerlei Antrieb mehr spürte. Für ihn stand die Welt seit vergangenem Freitag nachmittag still.
»Was ist mit Judas Ischarioth?« forschte ich.
Er funkelte mich an. »Wie meinen Sie das?«
»Er ist doch gleichfalls tot, nicht wahr?«

»Ja.«
»Stimmt es, daß er Davidson verkauft hat? Für Geld an den Sanhedrin verraten?«
»Es war sowieso aus«, gab er zur Antwort. »Das wußten wir alle. Es war nur noch eine Frage der Zeit. Er hatte ja beim Passahfest sein Glück versucht und war gescheitert.«
»Sie meinen, als er in die Stadt ritt?«
»Ja. Dabei. Ich hätte ihm gleich sagen können, daß es schiefgehen würde. Aber er hatte es sich nun mal in den Kopf gesetzt.« Er blickte mich aus dunklen, hoffnungsleeren Augen an. »Als er uns den Ritt ankündigte, wußte ich, daß unser Schicksal besiegelt war. Sie versuchten, es ihm auszureden, Peter und noch ein paar andere. Wir hielten uns in einer Höhle oberhalb der Straße nach Jericho versteckt, und sie bestürmten ihn, stundenlang. Aber ich sah, daß bei ihm nichts mehr auszurichten war. Für vernünftige Überlegungen war er einfach taub. Todessehnsucht erfüllte ihn, und es gab kein Entkommen mehr – weder für ihn noch für uns.« Er schüttelte den Kopf. »Wissen Sie, was ich sagte, Kumpel? Ich sagte: ›Los, Jungens. Er wird über die Klinge springen müssen. Was bleibt uns übrig, als bei ihm zu bleiben!‹
Es ist ganz wie bei einem Baum, wie er einem ab und zu unterkommt. Ein großer, hoher Baum, der von einem Wurm zerfressen wird. Der kracht um, Kumpel, so oder so. Sieht vielleicht ganz ordentlich aus, aber innen drin frißt ihm der Wurm das Mark weg. Hilft ja alles nichts, der muß gefällt werden. Wer die Axt schwingt, danach kräht doch kein Hahn. Der Baum ist sowieso hin, und damit basta.«
»Meinen Sie, daß ein solcher Vergleich zulässig ist?« wandte ich ein. »Sicher hat er doch . . .«
»Hören Sie, Kumpel«, sagte er aufgebracht. »Er hat

sich für den Sohn Gottes ausgegeben, und wir haben's ihm abgenommen. Nun, er hat sich geirrt, das ist alles.«
»Wollen Sie damit sagen, daß er verrückt war?«
Es war die gleiche Frage, die ich Pilate vorgelegt hatte. Welch andere Frage blieb denn auch zu stellen bei einem Mann, der sich selbst für Gott hielt?
»Was weiß ich«, erwiderte Didymus. »Vielleicht war er tatsächlich verrückt. Ischarioth war felsenfest davon überzeugt.«
»Und deshalb verriet er ihn an den Sanhedrin?«
»Vielleicht. Jedenfalls war das mit der Grund. Ischarioth glaubte genauso an das zukünftige Reich wie wir anderen. Vielleicht nahm er an, daß der Herr übergeschnappt war und uns nur im Wege stand. Aber ich bin nicht sicher.« Müde, erschöpft und tief verstört drehte er seinen Kopf hin und her. »Wissen Sie, woran's im Grunde lag, Kumpel? Wir waren innerlich einfach noch nicht weit genug, das kam alles viel zu früh für uns. Wenn wir ihn sprechen hörten, klang's uns wundervoll in den Ohren. Aber was dahinter steckte, was es eigentlich bedeutete, das konnten wir uns nicht so richtig zusammenreimen. Nicht mal John Zebedee oder Ischarioth, die doch wirklich Grütze im Kopf haben. Das ist's wohl, was ihn schließlich verzweifeln ließ, daß unsere Ohren taub waren, wenn er von Leben und Freiheit und dem kommenden Reich sprach, daß das einfach über unseren Horizont ging. Und das hat ihn wohl auch umgebracht – daß er nicht einmal seinen Freunden ein Licht aufstecken konnte.«
Ich sagte in etwas schärferem Ton: »Nun mal langsam. Was ihn umgebracht hat, liegt klar auf der Hand. Er hatte sich mit der Obrigkeit überworfen, der religiösen wie der politischen. Der Sanhedrin erhob Anklage gegen ihn, und Pilate . . .«
»Diese Brüder«, unterbrach er mich zornig, »die zäh-

len doch nicht, Kumpel. Nicht mehr als Judas Ischarioth. Die haben ihn nicht zu Fall gebracht, machen Sie sich da nichts vor. Die hätte er doch jederzeit abschütteln können.« Er beugte sich vor, und das Lampenlicht meißelte tiefe Schatten unter seine Augen. Sein Gesicht glich einer tragischen Maske, die ausgedient hatte. »Nein, es waren nicht Caiaphas und seine Katzbuckler. Und es war auch nicht Ischarioth, der sich im Dunkeln davonschlich, um ihn zu verpfeifen. Wir waren's, Kumpel. Wir, seine Freunde. Wir haben ihn umgebracht. Das Spiel war aus, und er wußte es. Selbst sein letzter Trumpf hatte ja nicht gestochen.

Wir wußten alle, daß es aus war«, fuhr er fort. »Am vorigen Donnerstag beim Abendmahl, da wurde es uns plötzlich klar. Wir sahen, wir spürten es doch. Die Todessehnsucht, die ihn erfüllte. Es war, als ginge ein kalter Hauch durchs Zimmer. Ich kann's Ihnen ja ruhig sagen, Kumpel, wir drehten vor Angst beinahe durch, bloß weil wir so dicht bei ihm saßen. Wir blickten uns an. Zu ihm hinzusehen, trauten wir uns nicht. Und die Bissen in unserem Mund waren trocken und sauer. Es war, als ob wir mit einem Toten aßen.«

Er stolperte über die Wörter wie über Steine, über Ruinen. Gleich einem Mann, über dem ein Haus zusammengestürzt ist, versuchte er, sich über die Trümmer einen Weg ins Freie zu bahnen.

»Wissen Sie, was er zu uns sagte, an jenem Abend? Er hob einen Laib Brot empor und brach ein Stück ab und reichte es uns. Und er sagte: ›Nehmt, eßt. Dies ist mein Leib – ich selbst – mein wirkliches Ich – für euch gebrochen.‹ Und später, als das Mahl fast vorüber war, bot er uns Wein an. Und er sagte: ›Trinkt, ihr alle. Dies ist mein Blut.‹«

Plötzlich duckte er den Kopf zwischen die Schultern und bedeckte sein Gesicht mit den Händen. Ich ver-

nahm das leise Klicken der Kamera, als Greg die Optik regulierte. Unter der grellen Lichterflut kroch ein Grauen durchs Studio; ein schleichender Schatten, der nach uns griff und uns betasten wollte. Wiederauferstehung oder nicht, die Gegenwart Jesus Davidsons war für uns Tatsache geworden, heraufbeschworen durch diesen einsamen, schluchzenden Menschen, der einmal Säge und Hobel aus der Hand gelegt hatte, um einem Traum zu folgen.
Ich fühlte, wie mir das Ganze aus den Händen zu gleiten drohte. Wir alle – Aufnahmeleiter, Kameramann, Toningenieur – schienen in einen Alptraum gestürzt zu sein; jede Hoffnung schien dahin, verblutet unter Henkershänden, und nur eine graue, leere Larve blieb zurück. Jenseits unseres strahlenden Lichtkreises lauerte die feindselige Dunkelheit. Furchtsam, wie eingekerkert, blickte ich mich um und sah die Studiouhr: Gnadenlos rückte der Sekundenzeiger über das Zifferblatt vor. Ich hielt meine Augen angestrengt auf die Uhr gerichtet und spürte, wie der Bann von mir wich. Ich sagte, nur um irgend etwas zu sagen, nur um wieder zu mir zu kommen: »Er muß ein bemerkenswerter Mensch gewesen sein.«
Didymus blickte auf, und ich erschrak über den nackten Schmerz in seinen Zügen. »Er starb am nächsten Tage«, sagte er mit einer Stimme, die völlig gleichgültig und leidenschaftslos klang und in eigentümlichem Gegensatz zu seinem verquälten Gesicht stand. »Er starb am Freitag nachmittag. Und wir sind es, die ihn ermordet haben.«

»Man muß ihn zu den feindlichen Zeugen rechnen, Cass«, sagte Kapper am Telefon. »Ich hab dir ja schon die ganze Zeit gesagt, daß du ihn dir einfach nicht leisten kannst.«

»Ich weiß nicht recht«, entgegnete ich, und wieder überkam mich dieses Gefühl von Mitleid und Grauen, das Thomas Didymus' Worte in mir ausgelöst hatten. War er wirklich feindlich? Gewiß, er glaubte nicht an Davidsons Auferstehung. Andererseits hatte der Mann auf ihn eine schier unvorstellbare Wirkung ausgeübt. Daher schimmerte in Didymus' Bericht auch viel von jener eigentümlich mystischen Persönlichkeit durch. Eines schlug nach meiner Überzeugung auf jeden Fall zu Buche, daß nämlich, falls Davidson auch nur in etwa so gewesen war, wie Didymus ihn geschildert hatte, seine Wiederauferstehung die einzig mögliche Schlußfolgerung sein konnte. Ich versuchte, das Kapper klarzumachen.
»Vielleicht hast du recht, Cass«, gab er zur Antwort. »Aber seit wann geht es in der Geschichte um logische Schlußfolgerungen? Von welcher Seite man die Sache auch aufrollt, es handelt sich um eine Tragödie. Eine Tragödie, die einmal mehr die Sinnlosigkeit allen Lebens bezeugt. Ein guter Mensch voll hoher Ideale, der durch Verrat und Neid zu Tode kommt – das ist tragisch und, eben, völlig sinnlos. Und wirkt deshalb so überzeugend. Jeder Mensch wird darin seine eigenen Erfahrungen widergespiegelt finden. Falls dir aber daran liegt, ein Wunder hinten dran zu kleben, dann kannst du dir Didymus mit seinen Sprüchen nicht leisten. Viel zu realistisch, viel zu glaubwürdig. Danach bringst du niemanden mehr dazu, dir dein Happy-End abzunehmen.«
»Er kannte Davidson«, beharrte ich. »Und es ist ihm doch gelungen, uns den Menschen näherzubringen. Das ist wichtig, Nick.«
»Dieser Cleopas kennt ihn auch«, erklärte Kapper. »Kennt ihn, Cass. Präsens. Nicht Präteritum.«
Der Aufnahmeleiter winkte mir beschwörend zu, das

Telefongespräch zu beenden. Die Werbesendung mußte gleich vorbei sein.
»Cleopas steht auf deiner Seite«, meinte Kapper.
»Didymus auch, wenn auch auf eine etwas verdrehte Art.«
»Da komm ich nicht ganz mit, Cass.«
»Sieh mal«, erklärte ich. »Die Tatsache, daß er nicht an Davidsons Wiederauferstehung glaubt, ist bedeutsam. Sollten Davidsons Anhänger versucht haben, uns so was vorzutäuschen – angenommen, sie haben die Leiche gestohlen und dieses Gerücht in die Welt gesetzt –, dann ist es doch wenig wahrscheinlich, daß einer von ihnen – Didymus, der ja zum engsten Kreis gehört – die ganze Angelegenheit dadurch sabotiert, daß er seinen Unglauben kundtut.«
»Du meinst, weil Didymus nicht dran glaubt, ist die Geschichte nur um so glaubwürdiger?«
»Genau.«
»Hm«, machte Kapper. »Ich fürchte, das ist ein bißchen zuviel Tiefsinn für unsere Zuschauer. Ich bin nach wie vor davon überzeugt, daß es besser ist, wenn du ihn rausnimmst.«
Der Aufnahmeleiter funkelte mich böse an und fuhr sich mit spitzem Finger über die Kehle.
»Also los, Cass«, drängte Kapper, »entscheide dich. Cleopas oder Didymus?«
Die Kameraleute kletterten wieder auf ihre Sitze. Über meinem Kopf baumelte das Mikrophon vom Galgen herab. Wie gewöhnlich blieb keine Zeit zur Überlegung.
»Beide«, sagte ich fest. »Ich brauche alle beide.«
»Ausgeschlossen, Cass. Du weißt so gut wie ich, daß dafür die Zeit zu knapp . . .«
»Ich brauch unbedingt beide, Nick. Sieh zu, daß du Patros an die Strippe kriegst. Schinde mehr Zeit raus. Hau ihn deswegen an.«

»Da spielt der nicht mit.«
»Muß er. Ich habe keine Lust, mir diese großartige Story wegen lumpiger fünf Minuten kaputt machen zu lassen.«
»Fünf Minuten? Da kriegt der einen Schlaganfall. Du kennst ihn doch.«
»Dann quäl ihm zwei Minuten ab. Wenn's erst läuft, kann er ja doch nicht mehr aussteigen.« Ich nickte dem Aufnahmeleiter zu. »Übrigens, Nick, ich möchte da noch eine Umstellung vornehmen.«
Kapper stöhnte.
»Als nächstes kommt das Interview mit der Magdala an die Reihe. Dann Caiaphas. Dann Didymus. Und diesen Cleopas, den du parat hast, den flick ich am Ende dran.«
»Mensch, Cass, du kannst doch den Caiaphas nicht so einfach vorverlegen. Wir haben versprochen, ihn als letzten ...«
»Danke, Nick. Aber was sein muß, muß sein. Nichts für ungut.«
Ich legte den Hörer auf und ließ mich hinter dem Tisch nieder. Der letzte Werbespot huschte über den Bildschirm. Die Warnsignale glühten auf. Der Aufnahmeleiter schüttelte vorwurfsvoll den Kopf und ließ seine Hand fallen. Ich blickte in die Kameralinsen.
»Als nächstes suchten wir die Magdala auf – das Mädchen, das Regem Zaccheus in Jericho antelefoniert hatte, um ihm mitzuteilen, daß Jesus Davidson wieder am Leben sei und mit seinen Jüngern in Galiläa zusammentreffen wolle ...«

9

Meine Besorgnis, sie vor ihrem Aufbruch nach Norden nicht mehr anzutreffen, erwies sich als unbegründet.
Wir hatten uns auf ein paar Feldbetten in Kappers Büro hingehauen und gebeten, uns um fünf Uhr morgens telefonisch zu wecken. Aber irgendwo geriet was durcheinander, das Telefon läutete erst knapp nach sechs, und als wir endlich vor diesem Haus beim Schleusentor anlangten, war es schon halb sieben vorbei. Die Stadt war seit über einer Stunde geöffnet, und als wir an die Tür klopften, hatte ich wenig Hoffnung, irgend jemanden vorzufinden. Aber sie war da.
Wegen der von Pilate verhängten Ausgangssperre und durch die Sturheit des Ordonnanzoffiziers hatten wir die Männer verpaßt. Johnson, die Gebrüder Zebedee und die übrigen hatten sich beim ersten Morgengrauen auf den Weg gemacht. Aber sie war noch dort. Sie hatte sich entschlossen, noch einige Tage zu bleiben, um allen Gleichgesinnten als eine Art Auskunftsbüro zu dienen. Als sie einwilligte, uns zu begleiten, bat sie die zwei oder drei Frauen, die ihr im Hause Gesellschaft leisteten, sie zu vertreten.
Anfangs war sie nicht recht entschlossen gewesen, doch als ich ihr von unserem Gespräch mit Zaccheus berichtete, lächelte sie erleichtert. Ich erwähnte auch das

Interview mit Thomas Didymus, und das schien den Ausschlag zu geben. Sie erkundigte sich nach Einzelheiten und nickte schließlich.
»Wir müssen unbedingt Licht in diese Angelegenheit bringen, Mr. Tennel«, entschied sie resolut. »Um Thomas willen genau so wie wegen der anderen. Wie seine endgültige Entscheidung auch immer aussehen mag, damit dürfen wir sein Gewissen nicht belasten.«

Ich lehnte mich jetzt zurück und blickte zum Monitor, auf dem die aufgedonnerte Neonreklame der Bar in der Altstadt flimmerte und glänzte, während im Hintergrund kaschemmenhafte Klaviermusik ertönte. Vor einigen Monaten hatte die Jüdische Mobile Filmgesellschaft einen Dokumentarfilm über das Nachtleben der Hauptstadt gedreht, der uns zu Verfügung gestellt worden war. Er zeigte das Vergnügungsviertel um Mitternacht mit all seinem hektischen, vulgären Treiben. Betrunken taumelte die Kamera durch die Menschenmenge, die die engen Gassen verstopfte, und schwenkte von Seite zu Seite, hin zu den Plakaten an den Wänden, den verschwitzten Gesichtern der Männer, die die weiblichen Fotografen begafften, mit kurzen Röckchen bekleidete Girls, deren Lächeln von den Eingangstüren herübergleißte. Und von unten her, ganz aus der Froschperspektive, beglotzte die Kamera durch ein Gewirr von Beinen die schäbigen Versatzstücke dieser Welt: einen Flaschenhaufen, der in Scherben lag, eine zertrampelte Feldmütze, einen verkrumpelten Frauenhandschuh in einer Pfütze von Erbrochenem. Miramar, Silk Stocking, Tambor, Pantie Club – die Namen der Bars glichen einer wollüstigen Litanei, lautloser Gesang blitzender Lichter, während die Kamera weitertorkelte und weiterschwankte, von Straße zu Straße, in eigenmächtigem Tanzritual, und schließlich

zum Stillstand kam vor einer riesigen Figur aus Sperrholz, einem nahezu nackten Mädchen, das spreizbeinig am Eingang zu einer der größten Bars stand.
Kapper hatte darauf bestanden, diese Sequenz in die Sendung reinzunehmen. Aber ich hatte nach wie vor meine Zweifel.
»Kontrast«, hatte Kapper gemeint, »das ist's, was die Sendung vertragen kann. Lauter Büßer und Beichtväter, und dazwischen eine ehrliche kleine Dreckerei. So hält man seine Kundschaft bei Laune.«
Die Kundschaft, und vor allem wohl Patros, der sich lüstern die Lippen lecken würde. Ob's der Sendung zugute kam, stand auf einem anderen Blatt.
Die Kamera bahnte sich ihren Weg durch das winzige Foyer, vorbei an den grinsenden Gesichtern einiger Soldaten, bis in die eigentliche Bar. Die Gummilinse trug uns über die Köpfe des Publikums hinweg, fegte Schatten und aufwölkenden Zigarettenrauch beiseite und erfaßte eine kleine, hellerleuchtete Bühne. Jetzt blendeten wir im Studio die Originalgeräusche des Films ein: Die Klaviermusik verklang und wurde abgelöst von einem Trommelwirbel, über dem ein frenetisches Pfeifkonzert ertönte, als ein Mädchen in kurzem Abendkleid ins volle Scheinwerferlicht trat. Sie war mittelgroß, hatte schwarzes Haar, und ihr bemaltes Gesicht glich einer weißen Maske. Ihr auf den Fersen folgte ein dicker, glatzköpfiger Mann im schmucklosen Anzug eines Bankhalters, auf dessen Wink sie sich seitlich zur Kamera stellte. Sie verschränkte die Hände hinter dem Kopf und ließ es sich mit hölzerner Apathie gefallen, daß der Mann am Reißverschluß im Rückenteil ihres Kleides zu hantieren begann.
Zum gedämpften Klang der Klaviermusik hatte ich den Zuschauern einen knappen Abriß von Mary Magdalas Karriere gegeben und es gerade so eingerichtet,

daß ich mit dem Erscheinen des Mädchens auf der Bühne abschloß. Damit hatte ich ausblenden wollen, aber Kapper ließ nicht mit sich reden.
»Erst kitzelst du das Volk hoch und nimmst sie mit rein in die Bar, und dann gönnst du ihnen nicht mal einen kleinen Blick, Cass?« schimpfte er. »Was ist bloß in dich gefahren, Junge? Die rennen uns glatt die Bude ein und verlangen ihre Gebühren zurück, wenn wir sie nicht auf ihre Kosten kommen lassen.«
So blieben wir also noch dabei, bis der Glatzköpfige dem Mädchen Kleid und Unterrock ausgezogen hatte und sich an ihrem Büstenhalter zu schaffen machte. Dann brachen wir abrupt ab und leiteten zum Interview im Studio über.
Der Kontrast war nicht zu leugnen. Was die Zuschauer sich auch versprochen haben mochten, Mary Magdalas Erscheinung mußte sie überraschen.
Graziös und entspannt, die Hände still auf dem Schoß gefaltet, saß sie auf dem Sessel. Sie war groß und ansehnlich, ihr Haar besaß ein verwirrendes Rot, und das starkknochige Gesicht mochte man eher hübsch nennen als schön. Sie trug einen lose sitzenden Mantel und einfache Schuhe. Der Mantel war weder neu noch besonders modisch; ein Gelegenheitskauf, der schon zwei oder drei Winter zurückliegen mochte. Doch davon ließ sie nichts spürbar werden. Instinktiv wußte man, daß sich unter dem billigen Tuch ein wohlgeformter Körper verbarg und daß ihr Gang, die Art, wie sie ihre langen, schlanken Beine setzte, ihre hohe Klasse verraten mußte. Aber irgendwie nahm man das als selbstverständlich hin. Die großen dunklen Augen, der makellose Teint, das nachlässig frisierte rote Haar – so und nicht anders erwartete man es von ihr. Was an ihr überraschte, war ihre heitere Gelassenheit, die der Erinnerung an das Mädchen, das sich in der Bar ent-

kleiden ließ, mit einem einzigen grandiosen Schlag den Garaus machte. Diese Frau war eine außergewöhnliche Persönlichkeit, die still und stumm im Winkel eines überfüllten Zimmers verharren mochte und dennoch durch ihre bloße Anwesenheit dominierte. Es war unmöglich, sie sich in einer Situation vorzustellen, der sie nicht gewachsen war. Nicht sie war es, die sich auf andere Menschen einzustellen hatte; die anderen würden sich unwillkürlich ihr anpassen. Aus welchem Anlaß, bei welcher Gelegenheit auch immer, sie würde stets als Katalysator wirken, als diejenige, die den Anstoß zum Handeln gab. Noch nie war ich jemandem begegnet, der in einem solchen Maße Herr seiner selbst war.

Wir brachten sie erst in Halbtotale und fuhren dann in aller Ruhe Großaufnahme, um den Zuschauern Gelegenheit zu geben, mit ihr vertraut zu werden und ihre ruhige Selbstgewißheit auf sich einwirken zu lassen. Es war diese tiefverwurzelte Unbeschwertheit ihres Wesens, die den Gedanken an Dreistigkeit oder Aufdringlichkeit gar nicht erst aufkommen ließ. Das glatte, straffe Hautgewebe, die wie gemeißelte Nase und das gut durchgezeichnete energische Kinn wiesen nicht den leisesten Hauch von Verlebtheit auf. Doch wie sie gewesen sein mochte, bevor sie ihr altes Selbst abgeworfen hatte – die langen Beine und das aufgelöste rote Haar, gleißend unter sengendem Scheinwerferlicht, während ihr Körper rhythmisch hin und her schwang –, das war eine aufwühlende Vorstellung.

»Miß Magdala«, sagte ich schließlich. »Als erstes möchte ich Ihnen für Ihr Kommen danken.«

Sie nickte. »Ich bin gerne hier.«

»Sehr freundlich von Ihnen.«

Vorgeplänkel, Nettigkeiten; notwendige Belanglosigkeiten. Die Zuschauer, das wußte ich, brauchten einige Sekunden Atempause, um sich auf sie einzustellen und auf das, was sie zu sagen hatte. Sie war meine Kronzeugin, und ich zielte darauf ab, sie meinem Publikum so einzuprägen, daß ihr Bild haften blieb, lange nachdem Pilate und Nicodemus vergessen waren. Aber das richtige Bild mußte es sein.

»Uns liegt daran«, formulierte ich sorgfältig, »der Wahrheit über Jesus Davidson auf den Grund zu kommen.«

»Ja«, bestätigte sie mit leiser, klarer Stimme.

Nichts an ihr war fade oder schal. Welche Wandlungen Davidson bei ihr auch bewirkt haben mochte, ihr Wesenskern war ungebrochen und unverfälscht. Mir waren des öfteren Konvertiten begegnet – Menschen, die, indem sie sich von ihrem früheren Leben lossagten, sich vom Leben schlechthin loszusagen schienen –, und sie waren mir bemitleidenswert blutleer, ja kränklich vorgekommen. Aber die Magdala war ihnen ganz und gar unähnlich. Genau wie sie einmal mit beiden Händen zugepackt hatte, um als Tänzerin nach den Sternen zu greifen, hatte sie die Gaben entgegengenommen, die Jesus Davidson ihr bot: Güte und Freiheit. Wer sie so sah, dachte weniger daran, daß er eine schöne Frau vor sich hatte als vielmehr einen lebens- und blutvollen Menschen.

»Sie sollen ihn gut gekannt haben?« fragte ich.

»Ja.«

»Wie gut, Miß Magdala?«

»Sehr gut.«

»Waren Sie mit ihm – vertraut?« Ich wählte das Wort voller Bedacht.

Sie nickte. »Ja.«

»Verstehe.«

Ihre Augenbrauen stellten sich ein wenig schräg, ihre Mundwinkel hoben sich, sie lächelte. Es war ein offenes, belustigtes Lächeln, ohne eine Spur von Hinterhältig-

keit. Man konnte sich nur allzu gut vorstellen, wie sie damit beim Tanzen auf ihr Publikum wirken mußte.
»Überrascht, Mr. Tennel?«
»Ein wenig. Sehen Sie, Sie sind eine . . .«
»Ich weiß. Ich bin eine Nachtklubtänzerin – ich war's jedenfalls. Und er ist Gott.«
»Na ja, so ungefähr«, meinte ich.
Sie blickte mir in die Augen. »Und Sie glauben nicht, daß Gott sich mit solchen Mädchen abgibt, nicht wahr?«
Ich ging darauf nicht ein. Es war zu früh, ihr die Fragen zu überlassen, besonders solche theologischer Natur.
»Ist er denn überhaupt Gott?« wich ich aus. »Darum geht es doch zunächst einmal.«
»Aber natürlich«, versicherte sie mit einer Stimme, die ihrem Glauben so ungezwungen und so selbstverständlich Ausdruck verlieh, als spreche sie vom tagtäglichen Vollzug des Sonnenaufganges. »Er ist Gott. Der Gesegnete. Das Leben der Welt.«
»Leben?« Ich ließ mir das Wort nicht entgehen. »Wir sprechen doch von einem Toten.«
»Ich nicht. Er war tot, gewiß. Aber jetzt ist er wieder am Leben.«
Ich nickte. »Dieses Gerücht ist uns ja allen bekannt, und natürlich . . .«
»Kein Gerücht«, unterbrach sie mich entschieden. »Die Wahrheit. Sie wollten doch der Wahrheit über ihn auf den Grund kommen. Nun, dies ist die Wahrheit. Er ist am Leben.«
»Sie scheinen sich Ihrer Sache sehr sicher zu sein, Miß Magdala.«
»Sehr sicher«, betonte sie.
»Aber wie kommen Sie dazu?«
»Weil ich ihn gesehen habe«, erwiderte sie einfach.
Als ich sie jetzt auf dem Monitor in Großaufnahme vor mir sah, empfand ich die Kraft ihres Bekenntnisses mit

geradezu körperhafter Unmittelbarkeit. Ich hoffte im stillen, daß selbst Patros davon aufgerüttelt würde.
Aber es war meine Aufgabe, ihre Selbstgewißheit, falls möglich, niederzureißen, mit ihr genau so gnadenlos zu verfahren wie mit Jacob Nicodemus. Bei ihrem Aussehen und ihrer Herkunft lag mein Angriffsplan klar auf der Hand.
»Miß Magdala«, begann ich. »Offenbar waren Sie ihm recht eng verbunden.« Ich verfüge über einige Erfahrung in diesen Dingen, und was ich mit diesen Worten zum Ausdruck bringen wollte, war nicht zu überhören.
Aber sie entwaffnete mich mit einem Streich.
»Ich liebe ihn, falls Sie das meinen.« Sie blickte unbeschämt in die Kamera, und ihre Worte klangen wie von den Lippen einer Braut vor dem Traualtar.
»Ja«, murmelte ich bestürzt. »Jaja, verstehe.«
Jetzt, vor dem Monitor, zuckte ich unwillkürlich zusammen. Linkisch wie ein Schuljunge hatte ich mich benommen. Ich, Cass Tennel, dem vor der Kamera niemand standhalten konnte; der hochtrabende Filmstars auseinandernahm, bis nur noch ein Häufchen Unglück übrigblieb; der mit wenigen wohlabgewogenen Worten schon so manchen gewieften Fuchs zur Strecke gebracht hatte. Ich, dem nichts heilig war, weder die Intimsphäre noch irgendein Schmerz – überhaupt nichts. Und ich ließ es mir gefallen, daß eine jüdische Nachtklubtänzerin mich nachdrücklich in die Schranken verwies.
In meiner Welt gibt man nun mal keine Liebeserklärungen ab, jedenfalls nicht, nachdem man über zehn hinaus ist. Liebe ist kein Wort, das sich uns leicht, oder gar ehrlich, über die Lippen drängt. Jenseits unserer umfriedeten Kindheitstage erscheint es aller Unschuld beraubt und wird bestenfalls zu einem Synonym für Sex. Aber selbst im Bett benutzen wir es nicht ohne Be-

fangenheit, denn wir glauben ja längst nicht mehr an seine tieferen Wurzeln: Treue und Duldsamkeit. In meiner Generation ›braucht‹ man eine Frau, ›will‹ man einen Mann. Wille und Wunsch sind physischer Natur, mehr aber auch nicht. Wir sind darauf getrimmt zu liebeln. Doch wir sind zu unreif und zu frühreif in einem, um die Realität der Liebe als Gnade zu begreifen, die geschenkt und empfangen wird.

Sie blickte mich an und lachte. »Sie Armer. Ich habe Sie in Verlegenheit gebracht.«

»Nein«, protestierte ich. »Nur haben Sie ...«

»Diese Art der Liebe habe ich nicht gemeint«, sagte sie. »Hier handelt es sich um etwas ganz anderes, obwohl ich glaube, daß es auf eigentümliche Weise dem entstammt, was sonst zwischen Menschen als Liebe gilt. Es ist eine ganz andere Art der Liebe – die Liebe, die er in die Welt gebracht hat.«

Hätte jemand anders diese Worte geäußert, ich glaube, der Kitsch wäre unerträglich gewesen. Aber wie sie es sagte, wie sich die innere Erregtheit in ihren Augen widerspiegelte, das verlieh den Worten eine neue, höhere Gewalt. Was sie sagte, war eindrucksvoll. Dennoch, eine besondere Bedeutung war dem nicht beizumessen. Es war, als beschriebe ein außergewöhnliches Kind seine selbstgeschaffene Welt – halb Traum, halb Wirklichkeit. Etwas von diesem Zauber schimmerte selbst durch diese fadenscheinigen Erwachsenenworte. Aber mir war doch zumute, als befände ich mich gerade außer Hörweite, aufgestachelt und angetrieben durch etwas, dessen ich nicht ganz habhaft werden konnte.

Ich sagte: »Ich fürchte, das ist etwas zu hoch für mich, Miß Magdala.«

»Ich weiß«, erwiderte sie bedauernd. »Leider kann ich's noch nicht so sagen, wie man's sagen müßte. Und es wird auch nicht leicht sein, das anderen Menschen

verständlich zu machen. Er hat uns deswegen gewarnt. Bei verzweifelten Menschen – da ja. Bei Menschen, die in Not sind, die nicht mehr zurechtkommen. Aber nicht bei Menschen, deren Leben in geordneten Bahnen zu verlaufen scheint. Bei denen wird es schwer halten. Selbst ihm wurde es nicht leicht, an sie heranzukommen, wie soll es also erst bei mir damit aussehen.«
»Vielleicht können Sie uns ein wenig von ihm berichten«, schlug ich vor. »Wie er war. Zum Beispiel – war er glücklich?«
»Glücklich?« Sie wog das Wort zweifelnd ab. »Nein. Nicht wirklich. Das ist kein Wort, das sich auf ihn münzen ließe, falls Sie wissen, was ich damit sagen will.«
»Nein«, erwiderte ich, »eigentlich nicht.«
»Wir sind«, erklärte sie, »gefangen in einer Welt, die viel zu groß ist, als daß wir damit zu Rande kommen könnten. Auf Gedeih und Verderb Dingen ausgeliefert, die wir nicht beherrschen können. Zu uns kann das Glück kommen. Und wir versuchen, uns daran festzuklammern. Aber wir schaffen es nicht. Ein Wort kann es zerstören, ein Blick. Ein Brief oder ein Telefonanruf oder ein Unfall, in den ein Freund verwickelt wird. Glück ist etwas, das wir trotz aller Umstände empfinden, nicht durch sie. Es kommt nicht gerade sehr oft zu uns, und wenn es kommt, werden wir dessen auch nicht froh, aus lauter Angst, daß es uns gleich wieder genommen wird.« Sie lächelte. »Aber bei ihm war es anders. Er war nicht gefangen. Er war frei. Nicht Opfer der Umstände, sondern ihr Herr. Er meisterte sie – so etwas Flüchtiges, wie das, was wir Glück nennen, konnte nicht an ihn heran.«
»Sie behaupten, er meisterte die Umstände. Auch bevor er starb?«
»Auch bevor er starb. Sie wissen sicher, was sein Name

bedeutet, nicht wahr? Jesus – Jeshua – der Eroberer. Nur so kann man ihn beschreiben. Er war der Sieger.«

»Aber er hat keineswegs gesiegt. Vielmehr war er am Ende der Besiegte.«

Sie schüttelte den Kopf, und ihr brennend roter Haarschopf schwang wie eine Fackel. »Nein. Das dachten wir zuerst. Am vorigen Freitag nachmittag sah es auch für uns ganz danach aus. Aber jetzt ist alles völlig verändert.«

»Seit gestern früh?«

»Ja.«

»Möchten Sie uns nicht erzählen, was vorgefallen ist, Miß Magdala? Am Grab, meine ich.«

»Er brach aus. Was sie auch unternahmen, nichts konnte ihn halten.« Sie lachte und breitete erregt ihre Arme aus. »Sie hatten das Grab versiegelt und eine Wache davorgestellt. Es war lächerlich, sie konnten einem leid tun. Sie hätten genau so gut einen schlafenden Löwen mit einem Zwirnsfaden festbinden können. Als er erwachte, riß er den Faden durch und verließ die Gruft.«

Falls dieser Kult um Davidson weiter um sich griff, so überlegte ich unwillkürlich, dann würde wohl eines der größten Probleme darin bestehen, diese recht einfältige und ziemlich lobhudelnde Art der Phantasterei zu überwinden. Schlafender Löwe, Zwirnsfaden. Man konnte sich leicht vorstellen, in welcher Weise sich zweitrangige Poeten über eine so unglaubliche Geschichte wie die Wiederauferstehung hermachen würden.

Doch auf ihren Lippen nahmen die Worte erneut eine eigentümliche, aber unverkennbare Würde an. Aus ihrem Munde klang das, solange sie sprach, völlig ungekünstelt und überzeugend.

»Sahen Sie ihn denn dort, vor dem Grab?«

»Ja, ich sah ihn.«

»Lebendig?«

»Natürlich.«
»Miß Magdala«, fuhr ich brutal dazwischen. »Tut mir leid, aber das ist einfach ausgeschlossen.«
Sie blieb ungerührt. »Es ist ein Wunder, Mr. Tennel. Für ihn ist an einem Wunder nichts Ungewöhnliches. Wenn ich daran denke, wie schwer uns diese Erkenntnis gefallen ist, so schäme ich mich.«
»Mir ist das begreiflich«, betonte ich. »Ich habe für Wunder selber nicht viel übrig.«
»Er hat viele Wunder gewirkt, Mr. Tennel. Sehr viele sogar.«
»Das habe ich gehört.«
»Leider stieß er bei den Menschen damit auf Unverständnis.«
»Sie wollen sagen, sie glaubten ihm die Wunder nicht?«
»Oh doch. Sie glaubten schon daran. Wenn man erlebt, daß ein Krüppel wieder gehen kann und ein Taubstummer, den man von klein auf gekannt hat, plötzlich zu singen anfängt, bleibt einem ja keine große Wahl. Wenn das so vor aller Augen geschieht, dann muß man es einfach glauben.« Wieder schüttelte sie den Kopf – in jener Art, die gleichermaßen Fassungslosigkeit wie Erregtheit bekundete, wie bei allen Menschen, die mit Davidson zusammengetroffen waren, das kam mir immer stärker zu Bewußtsein. »Doch was es zu bedeuten hatte, das begriffen sie nicht. Sie meinten, er sei ein außergewöhnlicher Mensch, der etwas Außergewöhnliches leistete.«
»Aber ja«, stimmte ich zu.
»Eben nicht. Darum geht es ja gerade. Er war kein gewöhnlicher Mensch. Er war Gott. Gott selbst, der tat, was seinem Wesen entsprach. Alle staunten darüber, daß ein unbekannter Dörfler Wunder wirken konnte. In Wahrheit hätte es sie bestürzen müssen, daß Gott als

Mensch in Israel weilte. Wenn man das einmal begriffen hat – denn das ist das eigentliche Wunder –, dann ergibt sich das übrige ganz von selbst, Mr. Tennel.«
»Auch die Wiederauferstehung?«
»Gerade die Wiederauferstehung. Denn Gott überwindet den Tod.«
Weder Nicodemus noch Thomas Didymus hatten dieses Bekenntnis gewagt. Für sie war der Satz ›Gott kann nicht sterben‹ eine Mauer, hinter der alles im Dunkeln lag. Dem setzte diese Frau nun das Wort entgegen: ›Gott überwindet den Tod.‹ Sie hatte die Mauer durchdrungen, und das Dunkel verlor allen Schrecken für sie, sie erlebte die Welt auf neue, andere Weise, ohne Furcht vor dem Tode. Und hierin lag auch das Geheimnis ihrer Selbstgewißheit: Ihre Gemütsruhe leitete sich her aus dem Gefühl völliger Geborgenheit. Ich erinnerte mich an Thomas Didymus' zerquältes Gesicht, seine zweifelgepeinigten Augen, und plötzlich tat sie mir leid. Sollte ihr Traum sich eines Tages in Rauch auflösen, so würde wohl auch sie Schiffbruch erleiden.
Ich sagte: »Sie haben ihn also dort gesehen, im Garten vor dem Grab?«
»Ja. Ich habe ihn gesehen und mit ihm gesprochen.«
Jetzt, vor dem Bildschirm des Monitors, fiel mir auf, mit welch selbstverständlicher Gelassenheit sie davon sprach, und unwillkürlich mußte ich lächeln. Denn im Grunde hatte sie ja recht. War man erst einmal vertraut mit der unglaublichen Vorstellung, Gott sei als Mensch auf die Erde gekommen, dann ergab sich alles weitere von selbst, es war ganz einfach logisch. Doch handelte es sich hier nicht um die kränkliche Logik der Gelehrten, die Logik, die ein paar Fakten an den Fingern herzählt – Geburt und Werden, Verfall und Tod – und die glaubt, das Leben damit erschöpfend abgehandelt zu haben: eine Akte, über der sich ein Grabstein schloß.

Diese Logik hier war anderer Art; es war eine Logik, die frei machte. Furchtlos bekannte sie sich zum Tode, weil er ihr nichts Endgültiges, nichts Unwiderrufliches war, sondern Aufbruch zum Leben bedeutete. Hieran gemessen nahm sich mein dauerndes Herumreiten auf dem physischen Phänomen von Davidsons Wiedererscheinen tatsächlich bemitleidenswert naiv aus.

Allmählich wurde mir klar, warum in den Gesprächen mit den Menschen, die ihn gekannt hatten, immer wieder das Wort Freiheit auftauchte. Zum erstenmal erschien es mir als religiöser und nicht politischer Begriff. Doch was für eine Religion war das, wo die moralischen Kategorien von Gut und Böse weniger galten als Freiheit und Liebe? Eine Religion, die dem Intellekt eines Priesters weniger faßbar war als dem schlichten Verstand eines Barmädchens?

Ich fragte: »Warum waren Sie denn schon so früh morgens im Garten? Hatten Sie sich etwa vor seinem Tode mit ihm verabredet? War es eine Art Stelldichein?«

Sie lachte. »So geheimnisvoll ist das gar nicht. Es war die erste Gelegenheit für uns, sein Grab zu besuchen. Sie wissen sicher, daß es uns streng verboten ist, am Sabbat zu arbeiten. So mußten wir bis gestern früh warten.«

»Schön. Aber warum gingen Sie überhaupt hin? Aus Pietätsgründen?«

»Wenn Sie so wollen, ja«, bekannte sie freimütig. »Aber auch aus praktischen Erwägungen. Wir nahmen Spezereien mit, um ihn zu salben – ach, das klingt jetzt alles so unsinnig, wir Frauen in tiefer Trauer, gekommen, um einen Leichnam einzubalsamieren. Aber das war der einzige Gedanke, den wir hatten. Wir mußten zusehen, wie sie ihn zur Hinrichtung schleppten. Und die Bestattung am Freitag war Hals über Kopf vor sich gegangen. Der Sabbat setzt ja schon bei Sonnenuntergang ein, und wir hatten uns eilen müssen, um fertig zu werden. Gestern früh wollten wir alles richtig nachholen. Wenigstens ein anständiges Begräbnis sollte er haben.« Sie lächelte. »Das wirkt sicher alles sehr merkwürdig auf Sie, Mr. Tennel. Aber wir Juden nehmen es nun mal sehr genau mit unserem Bestattungszeremoniell.«

»Ich verstehe schon«, versicherte ich.

»Schlimm war, daß wir nicht einmal wußten, wie wir ins Grabinnere gelangen sollten – wo doch die große Steinplatte den Zugang versperrte und eine Wache davor stand und was sonst noch. Aber als wir hinkamen, war kein Soldat mehr zu sehen, das Grab war weit offen. Und leer, wie wir feststellten.«

Ich nickte. Mit dieser Geschichte kannte ich mich nun langsam aus. »Haben Sie überlegt, daß Grabräuber am Werk gewesen sein konnten?«

»Das war unser erster Gedanke. Ich weiß noch, wie Salome, eine aus unserer Gruppe, mit vor Empörung schriller Stimme sagte: ›Nicht mal im Grab gönnen sie ihm seinen Frieden.‹«

Ich blickte sie scharf an. »Sie?«

»Ja . . . Die vom Sanhedrin.«

»Sie nahmen also an, daß der Leichnam auf Veranlassung des Sanhedrins entfernt worden war?«

»Aber natürlich. Wer hätte denn sonst ein Interesse daran haben sollen?«

»Und warum gerade der Sanhedrin?«

»Genau weiß ich das auch nicht. Vielleicht, um sicherzugehen, daß das Grab nicht zum Wallfahrtsziel werden konnte. Hätte Saul Joseph nicht sein eigenes Grab zur Verfügung gestellt, hätten sie ihn sowieso im Ätzkalk auf dem Gefängnishof verschwinden lassen. So wird es ja meistens gemacht.«

»Das war für mich bisher eine offene Frage.«

Sie nickte. »Mr. Joseph suchte den Generalgouverneur persönlich auf und erhielt die Erlaubnis, den Leichnam zu bestatten. Der Sanhedrin war darüber entsetzt, soweit ich weiß.«

Ich konnte die Aufregung gut verstehen. Ein toter Held in prunkvollem Grabmal, das mußte zum Kristallisationspunkt für künftige Unruhen werden.

»Aber es war natürlich ganz anders«, fuhr sie fort. »Wir rannten nach Hause und verständigten die Männer. Und John Zebedee und Peter Johnson brachen sofort auf, um sich selbst zu überzeugen. Ich folgte ihnen, konnte aber nicht mithalten.«

Ich unterbrach sie. »Es scheint mir wichtig, das klarzustellen, Miß Magdala. Sie behaupten also, daß die Männer überrascht waren, als sie vom leeren Grab hörten?«

»Überrascht und wütend. Besonders Peter. Ich habe ihn noch nie so außer sich gesehen.«

»Demnach haben diese Männer, die seine engsten Freunde waren, durchaus nicht erwartet, daß er wieder zum Leben zurückkehren würde?«

»Keiner von uns hat das erwartet, Mr. Tennel. Keiner.«

»Obwohl er doch verschiedentlich davon gesprochen hatte?«

»Ja. Und trotzdem vermochten wir nicht, daran zu glauben. Es ist beschämend für mich, das eingestehen zu müssen, aber es ist die Wahrheit.«

»Und Sie waren mit den Männern von Freitag abend an zusammengewesen?«

»Ja.«

»Danke, Miß Magdala«, sagte ich. »Bitte, fahren Sie fort. Was geschah, als Sie das zweite Mal zum Grab kamen?«

»Ich sah, wie Peter herauskam. Er war kaum wieder-

zuerkennen, so alt und niedergeschlagen sah er aus. John nahm ihn beim Arm, und mit langsamen Schritten gingen beide davon. Sie gingen an mir vorbei, aber ich glaube nicht, daß sie mich überhaupt bemerkten. Sie gingen davon wie Schlafwandler.«
»Und Sie? Folgten Sie ihnen?«
»Nein. Ich blieb zurück. Warum, weiß ich nicht. Ich war so schrecklich durcheinander. Ich weinte, und ...«
»Ich verstehe schon, Miß Magdala. Schließlich war das alles eine scheußliche Belastung für Sie.«
Sie blickte mir ruhig in die Augen und fragte: »Sie glauben es nicht, nicht wahr? Sie glauben nicht, daß er wieder am Leben ist?«
»Ich lasse mich gern überzeugen«, erwiderte ich.
Sie schüttelte den Kopf. »Sie meinen, ich sei noch nicht wieder ganz zu mir gekommen; ein bißchen durchgedreht; noch unter Schockwirkung. Sicher, es war ein Schock, als ich das leere Grab so vor mir sah. Ein fürchterlicher Schock.«
»Aber ja«, sagte ich, »natürlich war es das.«
»Die Vorstellung, wie sie mit ihm umgesprungen waren. Ihn rauszuschleppen aus seinem Grab, mitten in der Nacht, um ihn irgendwo in ein Loch zu schmeißen und die Erde über ihm festzustampfen. Als ich so stand, ganz allein im Garten, nachdem die Männer verschwunden waren, da dachte ich wirklich einen Augenblick lang, ich würde den Verstand verlieren.« Sie lächelte, und ihr Lächeln war warm und ohne Trübung. »Und dann kam er und sprach mit mir.«
»Jesus Davidson? Sind Sie sicher?«
»Ja. Plötzlich war er da und fragte mich, warum ich weinte. Seine Stimme klang so – so normal, so unbeschwert, daß ich zuerst glaubte, es müßte jemand anders sein. Merkwürdig, nicht? Eine vertraute Stimme und doch so fremd, ganz einfach, weil ich nicht darauf

gefaßt war. Aber dann nannte er mich beim Vornamen. ›Mary‹, sagte er. Und ich wußte, daß er es war, und ich drehte mich um und sah ihn dort stehen.«

Wieder sprach sie mit jener ungekünstelten und entwaffnenden Einfachheit; ganz, als sei sie aus einem Alptraum erwacht, geborgen in vertrauter Umgebung, während sich das besorgte Gesicht ihres Vaters über sie beugte. Als ich sie so sah und hörte, war mir zumute, als durchlebte ich eine griechische Tragödie von großer, wirklichkeitsgetreuer Urgewalt, der man zum Schluß eine Märchenfabel aufgepfropft hatte, das unvermeidliche ›Und wenn sie nicht gestorben sind, dann leben sie noch heute‹. Als Höhepunkt der Geschichte war es eine glatte Zumutung, eine Beleidigung für den gesunden Menschenverstand. Auch die Zuschauer würden es wohl so ansehen. Und doch, wenn es einem nicht gelang, den märchenhaften Schluß von der Wiederauferstehung ebenso für bare Münze zu nehmen wie den ersten Teil der Tragödie, dann war das gesamte Stück schierer Unsinn und sein Held eine Absurdität.

»Was sagte er sonst noch?« fragte ich.

»Er trug mir eine Botschaft auf. Für Peter und die anderen Männer. Er nannte sie seine Brüder. Ich legte meine Arme um ihn und drückte ihn an mich. Er war da, und ich war so froh, ihn zu sehen, und doch war mir so bange, er könnte wieder verschwinden. Ich hielt ihn fest, ich wollte ihn nicht mehr gehen lassen. Aber er machte sich sachte von mir los und trug mir auf, den Männern die Botschaft zu überbringen.«

»Was für eine Botschaft? Können Sie uns das sagen?«

»Oh gewiß. Es ist kein Geheimnis. Wir kennen jetzt keine Geheimnisse mehr. Jeder kann es hören. Man hat versucht, ihn umzubringen, und doch ist er nicht verstummt. Was soll ihn jetzt noch zum Schweigen bringen? Er sagte: ›Gehe hin zu meinen Brüdern und sage ihnen: Ich fahre auf zu meinem Vater und zu eurem Vater, zu meinem Gott und zu eurem Gott. Sage ihnen aber, daß ich zuerst nach Galiläa gehe und daß sie kommen sollen und mich dort treffen.‹«

»Und diese Botschaft haben Sie ihnen überbracht?«

Sie nickte. »Ich rannte die ganze Strecke zurück. Zuerst konnte ich kein Wort rausbringen, so aufgeregt war ich.«

»Und sie verstanden die Botschaft, Miß Magdala?«

»Ja. Genau so hatte er es uns ja angekündigt, lange bevor sich all das ereignete. Daß er von Gott käme und daß er heimkehren würde zu Gott. Mit klaren, einfachen Worten, und nicht nur einmal, sondern oft.«

»Und doch verschwendeten Sie, als Sie das Grab leer fanden, nicht den geringsten Gedanken an die Möglichkeit einer Wiederauferstehung?«

»Ich weiß«, erwiderte sie. »Wir wollten ihm glauben, jedes Wort, und doch hielt es keiner von uns für möglich, daß alles wahr werden würde.« Sie schüttelte den Kopf. »Wenn ich jetzt so zurückdenke an die letzten Jahre, ich glaube, wir müssen ihm wieder und wieder das Herz gebrochen haben, einfach weil wir unfähig waren, die Wahrheit über ihn zu begreifen und zu verstehen, was er für uns tun wollte.«

Mir fiel ein, daß auch Thomas Didymus sich ähnlich geäußert hatte; daß es die mangelnde Glaubensstärke gewesen sei, an der Jesus Davidson scheiterte. Und es waren seine eigenen Zweifel, die Thomas Didymus zum Verhängnis geworden waren. Anders als bei Mary Magdala.

»Sind die Männer in Richtung Norden aufgebrochen?« wollte ich wissen.

Sie nickte.

»Und Sie? Wann werden Sie ihnen folgen?«

»Bald. Morgen vielleicht. Oder übermorgen.«

Ich fragte: »Dort nahm alles seinen Anfang, nicht wahr? Dort in Galiläa.«
»Ja.«
»Und dort sind Sie ihm auch zuerst begegnet, Miß Magdala?«
»Ja. In Tiberias. Ich war ausgelaugt und mit den Nerven herunter. Die Arbeit in den Bars hatte mich ziemlich mitgenommen.« Sie blickte mich ruhig an. »Es ist nicht die leichteste Arbeit, wie Sie sich denken können, Mr. Tennel. Der Arzt verordnete mir völlige Ruhe. Sie wissen schon – frische Landluft, regelmäßige Mahlzeiten, früh zu Bett. Ich machte in einem kleinen Ort am See Station. Weit weg von der Welt und eine himmlische Ruhe.« Sie zuckte mit den Schultern und lächelte. »Hört sich großartig an, aber nach ein paar Wochen hatte sich mein Zustand immer noch nicht gebessert. Eher verschlimmert. Deprimiert, ohne Appetit, unruhiger Schlaf. Schließlich war es mit mir soweit, daß ich alle Lebenslust verlor. Die Landschaft war schön, alle waren freundlich zu mir. Aber irgendwie gehörte ich nicht mehr dazu, alles schien außer Reichweite. Ich lebte zwar mitten unter den anderen, aber ich schien ihnen in nichts zu gleichen, ich war wie ein Gespenst.
Der Arzt meinte, das hinge mit meinem Leben in den Nachtlokalen zusammen. Ich kannte ja den Tag nicht mehr. Wenn ich auf der Bühne stand, dann begafften mich aus dem Dunkel unzählige Augenpaare. Natürlich kann man sie nicht sehen, wegen der Scheinwerfer. Aber man kann sie fühlen. Und das ist nicht gerade sehr angenehm. Unter der Helle da oben ist man ganz auf sich allein gestellt, wie in einem eigenen abgegrenzten Reich. Aber es ist kein eigenes Reich, nichts, was einem wirklich gehört. Es ist, als müßte man sich unter einem Mikroskop betrachten lassen. Nach einiger Zeit geht einem der Sinn für die Wirklichkeit verloren.

In Ihren Ohren mag das lächerlich klingen, Mr. Tennel, aber mir jagte das einen Schrecken ein, einen tiefen Schrecken.«
Ich nickte. »Und dann begegneten Sie also Davidson?«
»Ja. Ich wollte gar nicht hin. Ich wollte überhaupt niemanden sehen. Es interessierte mich einfach nicht. Aber man ließ nicht locker. Ihm ging nun mal der Ruf voraus, Gebrechen heilen zu können, und man sagte mir, ich solle es doch ruhig mal versuchen.«
»Und was geschah«, fragte ich, »als Sie mit ihm zusammentrafen?«
Sie musterte mich mit leichtem Erstaunen. »Er heilte mich.«
»Sie meinen, er nahm Sie in Behandlung? Wandte eine besondere Therapie an?«
Sie schüttelte den Kopf. »Lassen Sie es gut sein, Mr. Tennel. Versuchen Sie nicht, ihm eins der üblichen Etiketts umzuhängen – so als eine Art Superpsychiater oder was. Ich habe gesagt, er heilte mich, und genau so meine ich's. Man brachte mich zu ihm, und er machte mich frei.«
Frei. Schon wieder dieses Wort. Sie alle gebrauchten es, einfach, ohne weitere Erklärung; als ob, nachdem es einmal ausgesprochen war, sich alles übrige von selbst erkläre.
Ich fragte behutsam, mit dem Gedanken an Zaccheus: »Sie wollen sagen, er vergab Ihnen?«
»Natürlich. Er vergab mir, er machte mich frei, er heilte mich – das bedeutet doch alles dasselbe, Mr. Tennel. Es bedeutet Leben.«
Schon stecken wir wieder mittendrin, dachte ich. Metaphysik in Volksausgabe.
»Er nahm mich, wie ich war«, erklärte sie. »Als Mensch. Und das hatte schon lange niemand mehr getan.«
»Das kann ich Ihnen nicht so ohne weiteres abnehmen«,

wandte ich ein. »Sie waren eine berühmte Tänzerin. In Jerusalem gab es niemanden, der nicht die Magdala kannte.«

»Die Magdala«, erwiderte sie mit einer Stimme, deren Schärfe ihre ganze Verachtung ausdrückte. »Eine Tänzerin. Ein Name auf einem Plakat. Ein Körper, der zur Schau gestellt wurde, wenn die Trommeln zu dröhnen begannen. Aber ich bin ein Mensch, Mr. Tennel. Ein Mensch braucht andere Menschen, braucht Liebe. Und in diesem Zustand nahm er mich, wie ich war: eine Frau, die drauf und dran war, den Verstand zu verlieren.«

»Aber die Leute, bei denen Sie in Galiläa wohnten«, fragte ich, »die haben Sie doch sicher genau so als Mensch genommen?«

Sie lächelte. »Sie waren sehr freundlich zu mir.«

»Ist das etwa nichts«, drang ich weiter, »wenn man zu Menschen, die sich in Not befinden, freundlich ist?«

»Ich war ihnen ja auch dankbar, Mr. Tennel. Sie taten ihr Äußerstes, um mir zu helfen. Und doch war es nicht genug. Auch nicht annähernd. Und das ist es ja nie. Das wissen Sie doch.«

Ja, ich wußte es. Jeder weiß es. Oft kann Freundlichkeit einer Tragödie vorbeugen. Ist es aber einmal zur Tragödie gekommen, dann vermag selbst Freundlichkeit – das Beste, was in uns steckt – nichts mehr auszurichten. Sie kann das Leiden lindern, nicht aber lösen.

»Und doch«, sagte ich, »als dieser Mann Sie so nahm, wie Sie waren ...«

»Aber das ist doch etwas anderes.«

»Wieso?«

»Weil er Gott ist«, beschied sie mich. »Nur Gott hat die Kraft zu mehr als bloßer Freundlichkeit; uns wirklich so zu nehmen, wie wir sind, und uns wieder heil zu machen.«

»Aber was hat er denn nun eigentlich getan?« fragte ich. »Wenn Sie uns wenigstens eine ungefähre Vorstellung davon geben könnten ...«
»Ich weiß«, entgegnete sie. »Ich kann mir schon denken, was Sie von mir hören wollen. Schocktherapie, Injektionen, das ganze klinische Zauberwerk des Sprechzimmers, das alles erst glaubwürdig erscheinen läßt.«
»Nun«, meinte ich unbehaglich. »Sie werden zugeben müssen, daß ...«
Sie schnitt mir resolut das Wort ab. »In Wahrheit tat er überhaupt nichts, Mr. Tennel. Jedenfalls nicht so, wie Sie meinen. Er sah mich an und nannte mich beim Namen. Er berührte mich nicht einmal. Aber plötzlich fühlte ich mich leicht und leer und hatte Angst, ohnmächtig zu werden. Und dann weinte ich, und alle Verkrampfung war wie fortgespült, und ich fühlte, daß alles um mich her wieder ins Lot kam – die Häuser und das Gras und die Bäume – sie wuchsen plötzlich empor und machten Platz für mich. Und die Gesichter meiner Freunde waren klar und lebendig, und ich hörte sie sprechen und vernahm die Geräusche der Stadt rings um mich her. Ich lebte wieder, ich war kein Gespenst mehr, voll und ganz gehörte ich wieder der Welt.
Es war wie eine Wiederauferstehung in kleinem Maße«, sagte sie. »Jetzt begreife ich das. Ja, wie eine Wiedergeburt war's.«
»Und all das war möglich«, fragte ich vorsichtig, »weil Sie ihm vertrauten?«
»Ja. Das stimmt haargenau. Weil ich ihm vertraute.«
»Miß Magdala«, sagte ich. »Ich bin mir nicht sicher, ob ich das alles richtig verstehe. Soviel aber begreife ich immerhin – der Mensch, zu dem Sie geworden sind – das Glücksgefühl, das Sie erfüllt, Ihr Seelenfrieden, ja überhaupt die Kraft zum Weiterleben – all dies, so will

mir scheinen, hängt von einer einzigen entscheidenden Tatsache ab, daß nämlich Jesus Davidson das war, was zu sein er behauptete.«

Sie nickte beglückt. »Ja, Mr. Tennel. Und weil er das ist, bin ich die, die ich bin.«

»Woraus sich schließen läßt, daß es für Sie kein Leben geben kann, falls er nicht am Leben ist.«

»Weder für mich, noch für irgend jemanden sonst.«

Ich nickte, ohne darauf einzugehen. »Den Ausschlag gibt für Sie, daß Sie ihm gestern früh vor dem Grab wiederbegegnet sind.«

»Natürlich.«

»Haben Sie ihn seitdem gesehen?«

»Noch nicht. Aber einige der anderen.«

Ich lächelte ihr zu. »Miß Magdala, wir sind Ihnen sehr zu Dank verpflichtet. Aus Ihrem Munde klingt das alles so anschaulich und so . . .«

»Glaubwürdig?« setzte sie rasch hinzu und gab mir mein Lächeln mit einem Lächeln zurück.

Ich zögerte. »Jedenfalls lohnt es sich, darüber nachzudenken.«

Ich erhielt einen Wink und wandte mich der Kamera Zwei zu.

»Sie, meine Zuschauer, werden mir beipflichten, daß es sich um eine recht bemerkenswerte Story handelt. Um eine recht bewegende dazu. Ob sie wahr ist oder nicht, muß dahingestellt bleiben.

Niemand hier würde allerdings Miß Magdalas Redlichkeit in Zweifel ziehen. Daß sie Jesus Davidson nach seinem Tode lebendig wiedergesehen und mit ihm gesprochen hat, glaubt sie ganz offenbar selbst. Welche Folgerungen sich daraus auch ergeben mögen, einfach von der Hand zu weisen ist ihr Bericht jedenfalls nicht.

Gleichzeitig jedoch«, fuhr ich fort, »verdient festgehalten zu werden, daß es sich bei Miß Magdala um einen äußerst sensiblen und hypernervösen Menschen handelt, der erst kürzlich eine Art Nervenzusammenbruch erlitten hat. Zudem mußte sie am vergangenen Freitag die Hinrichtung eines jungen Mannes miterleben, dem sie, um das mindeste zu sagen, eng verbunden war. Sie selbst gibt zu, daß sie allein war, als sie dem angeblich Wiedererstandenen am Grab begegnete. Seitdem hätten ihn auch andere gesehen, behauptet sie. Nun, wissen kann man das natürlich nicht. Aber bis uns weitere Indizien vorliegen, müssen wir uns, gerade um auch ihr gerecht zu werden, ein abschließendes Urteil vorbehalten.«

Dieses kleine Sätzchen war mein Rückversicherungsvertrag, eine notwendige Abschirmung gegen Patros. Kapper hatte mir damit in den Ohren gelegen.
»Du siehst die Sache aus einem anderen Blickwinkel, Cass«, betonte er. »Du steckst mittendrin in der ganzen Chose. Seit sechsunddreißig Stunden jagst du von einem zum anderen, um sie zum Reden zu kriegen, und jetzt bist du geschlaucht und hast flatternde Nerven. Das war ein bißchen viel auf einmal, du kommst damit noch nicht zurecht, weißt ja überhaupt nicht mehr, wo oben und unten ist.« Er grinste, aber nicht ohne Kameradschaftlichkeit. »Außerdem ist sie enorm attraktiv.«
»Das hat nichts damit zu tun«, behauptete ich.
»Vielleicht nicht, aber das müßtest du erst mal beweisen. Auferstehung hin, Auferstehung her, eins wird jedem Trottel klar, der in die Röhre guckt. Du bist der Magdala mit Haut und Haar verfallen, aber ja. Du nimmst ihr die Geschichte von A bis Z ab.«
Ich öffnete den Mund, um zu protestieren, aber er ließ mich nicht zu Wort kommen. »Ich werf dir das doch

nicht vor, Cass. Sie ist schon eine tolle Frau, und sie wirkt äußerst überzeugend. Besonders, wenn sie so unmittelbar vor einem sitzt. Und das ist der entscheidende Punkt, kapierst du? Bei Patros kann das nicht so zünden. Der hockt vor seinem Apparat in Rom und sieht das alles in Schwarz-Weiß und plattgedrückt. Vielleicht springt ein bißchen was von dem Funken über zu ihm. Aber so ganz? Also ist Vorsicht die Mutter der Porzellankiste.«

»Hat sie dich etwa nicht überzeugt?« wollte ich wissen.

Er ließ sich nicht aus dem Bau locken. »Es handelt sich nicht um mich, Cass. Es handelt sich um Patros.«

»Aber ...«

»Hör mal, wir halten wegen dieser Geschichte doch beide den Kopf hin, Cass. Machen wir's uns gemütlich, bevor das Fallbeil runtersaust.«

»Eins steht außer allem Zweifel«, sagte ich jetzt zur Kamera. »Gestern früh war das Grab leer und Davidsons Leiche verschwunden. Soweit stimmen alle Aussagen überein. Um uns mit dem offiziellen Standpunkt aus religiöser Sicht vertraut zu machen, suchten wir heute nachmittag seine Gnaden, den Hohen Priester, auf ...«

10

Seit der Sondersitzung des Sanhedrins hatte Kappers Sekretärin einige Male vergeblich versucht, beim Hohen Priester eine Audienz für mich zu erwirken. Am Montagmorgen, kurz vor elf, meldete sie einen erneuten Fehlschlag.

»Tut mir leid, Mr. Tennel«, sagte sie. »Aber ich komm' einfach nicht an der Vermittlung vorbei. Die Antwort ist immer die gleiche – ›Seine Gnaden sind im Augenblick nicht zu sprechen.‹«

Auf Kappers Rat klemmte ich mich selbst hinters Telefon, um einen Vorstoß zu unternehmen. Ich erhielt dieselbe Auskunft wie Kappers Sekretärin, gab mich damit aber nicht zufrieden. Ich erklärte, wer ich war, warf mit ein paar bedeutenden Namen um mich und hatte das Fräulein von der Vermittlung im Palast schließlich so klein, daß sie nach einigem Zögern zu Caiaphas Sekretär, einem Geistlichen, durchstellte.

»Ein Interview mit dem Hohen Priester?« fragte er. »Völlig unmöglich, fürchte ich.« Es war die Stimme eines ziemlich jungen Mannes, kultiviert und glatt und darauf geeicht, unwillkommene Besucher abblitzen zu lassen. »Seine Gnaden sind im Augen . . .«

». . . blick nicht zu sprechen.« beendete ich den Satz. Der Kerl war mir einfach zuwider. »Das weiß ich inzwischen. Aber es handelt sich um eine dringende Angelegenheit.«

»Tut mir aufrichtig leid«, behauptete er, »aber das ändert nichts.«

»Wann wird er wieder zu sprechen sein?«

»Schwer zu sagen. Im weiteren Verlauf der Woche vielleicht. Wahrscheinlich jedoch erst nächste Woche. Wir haben gerade erst ein bedeutendes Religionsfest hinter uns . . .«

»Ein mir nicht unvertrauter Gedanke«, unterbrach ich ihn.

Seine Stimme verlor etwas von ihrer Glätte. »Dann darf ich Sie wohl auch mit dem Gedanken vertraut machen, daß Seine Gnaden jetzt äußerst erschöpft sind. In den vergangenen Tagen ist er sowohl hinsichtlich seiner Zeit wie auch seiner Kraft beträchtlichen Anforderungen ausgesetzt gewesen, so daß eine Ruhepause nunmehr unerläßlich ist.«

»Wir sind alle beträchtlichen Anforderungen ausgesetzt, Rabbi«, beharrte ich. »Das bringt das Leben nun mal so mit sich. Es ist völlig unerläßlich, daß ich heute noch mit Lord Caiaphas spreche.«

»Ich kann nur wiederholen, daß es völlig unmöglich ist.«

»Möglich ist aber«, betonte ich, »daß Sie sich nicht zur Genüge klarmachen, wie wichtig diese Angelegenheit ist.«

»Wichtig für Sie vielleicht«, gab er zurück. »Wir sind ja alle davon überzeugt, daß unserem jeweiligen Wirken überragende Bedeutung zukomme.«

Ich beherrschte mich mit großer Anstrengung. »Es ist nicht nur für mich wichtig. Eigentlich hätte ich gedacht, es sei offenkundig, daß es sowohl für das jüdische Volk im ganzen wie auch für Lord Caiaphas im besonderen wichtig ist, daß in meine Sendung heute abend eine offizielle Stellungnahme von seiten der Kirche aufgenommen wird. Seine Exzellenz, der Generalgouverneur, sind bereitwillig auf die politischen Aspekte dieses Gerüchts um Jesus Davidson eingegangen. Meinen Sie nicht, daß es sich recht merkwürdig ausnehmen würde, wenn der Hohe Priester uns seine Mitarbeit verweigert?«

»Es handelt sich nicht darum, daß Ihnen die Mitarbeit verweigert werden soll, Mr. Tennel«, widersprach er. »Wie ich Ihnen bereits gesagt habe, sind Seine Gnaden erschöpft. Für einen Laien ist es wohl schwer vorstellbar, in welchem Maße ein Ereignis dieser Art ihn belastet.«

»Sie meinen das Passahfest?«

»Natürlich.«

»Und jetzt ist er zu müde zum Sprechen?«

»Sie nennen das Kind beim Namen, wenn ich so sagen darf.«

»Das glaube ich kaum«, gab ich zurück. »Wenn wir das Kind schon beim Namen nennen wollen, dann würde ich weniger von Müdigkeit sprechen als von mangelndem Mut.«

Es vergingen einige Sekunden, bevor er sich zu einer Antwort aufraffte. »Das ist eine üble und absurde Unterstellung.«

»Vielleicht. Mir erscheint diese Deutung allerdings plausibler als Ihre Erklärung, er sei zu müde.«

»Mr. Tennel, Sie kennen Seine Gnaden nicht, sonst wäre Ihnen klar, wie unsinnig Ihr Urteil ist. Mangelnder Mut? Der Hohe Priester der Judenheit fürchtet keinen Menschen. Er fürchtet nur Gott.«

»Eben das meine ich«, bohrte ich weiter.

Er zögerte. »Ich fürchte, da kann ich Ihnen nicht ganz ...«

»Schauen Sie, Rabbi. Ich bin jetzt seit gut vierundzwanzig Stunden in Jerusalem. Und innerhalb dieser Zeit ist mir aufgegangen, daß nach Ansicht vieler Menschen Jesus Davidson niemand anders ist als eben Gott.«

»Das ist eine Blasphemie«, entgegnete er steif, »die ich selbst von jemandem, der außerhalb unseres Glaubens steht, nicht ohne weiteres hinnehmen kann.«

»Die Vorstellung jagt also auch Ihnen Schrecken ein?«

»Davidson ist tot.« In seiner bislang so unbewegten Stimme wurde ein kaum merkliches Schwanken spürbar. »Es ist nicht unsere Art, uns vor einem Toten zu fürchten, Mr. Tennel. Gleichgültig, wer der Tote einmal war.«

»Natürlich«, pflichtete ich bei. »Vorausgesetzt allerdings, der Tote rührt sich nicht wieder. Wie aber, falls er nach seiner Hinrichtung am vergangenen Freitag nachmittag lebendig wiedergesehen wurde, und zwar gestern früh? Meinen Sie nicht, daß dann selbst Ihr Hoher Priester ein bißchen das Fürchten lernen könnte?«

»Sie reden Unsinn, Mr. Tennel, wenn ich so sagen darf. Unverantwortlichen Unsinn.«

»Sie glauben, daß Davidson nach wie vor tot ist?«

»Selbstverständlich.«

»Das ist wohl die offizielle Lesart der Kirche?«

»Aber natürlich.«

»Nun, dann verstehe ich um so weniger, warum Seine Gnaden sich sträuben, vor unsere Kameras zu treten und dafür einzustehen.«

Ich hörte, wie er ärgerlich die Luft einsog. »Seine Gnaden sind, wenn ich das noch einmal sagen darf, ganz einfach zu ...«

»... erschöpft. Na schön, Rabbi. Erschöpft ist auch meine Geduld. Ich bin's leid, mich von hohen Würdenträgern an der Nase herumführen zu lassen. Ihre Hinhaltetaktik in Ehren, und sicher sind Sie recht gut beraten, sich vor Jesus Davidson in acht zu nehmen, aber daß Sie Ihre Angst so wenig kaschieren können, finde ich doch einigermaßen erschütternd. Informieren Sie Seine Gnaden, daß die Sendung heute abend ab zwanzig Uhr fünfzehn über den Bildschirm geht. Sagen Sie ihm, daß es sich um eine WFS-Sache handelt, das heißt Global-Vision, weltweite Ausstrahlung also, Rabbi. Schärfen Sie ihm das gefälligst ein: weltweit. Und noch eins – sollte er bei seiner Weigerung beharren, so werden wir uns die Freiheit nehmen, unsere eigenen Schlußfolgerungen zu ziehen, die wir unseren Zuschauern natürlich nicht vorenthalten dürfen. Es ist nicht unbedingt anzunehmen, daß unsere Überlegungen schmeichelhafte Ergebnisse zeitigen werden.«

»Mr. Tennel«, sagte er, beunruhigt jetzt, doch immer noch vom hohen diplomatischen Roß herunter. »Mir ist nicht recht klar, was Sie sich von derartigen Methoden versprechen, aber ich darf Ihnen versichern, daß wir uns keinesfalls . . .«

»Auf Wiedersehen, Rabbi«, unterbrach ich ihn sanft und legte auf.

Innerhalb einer Stunde rief er zurück. Seine Stimme hatte ihre volle Glätte wiedergewonnen. Seine Gnaden würden sich glücklich schätzen, uns ein Interview zu gewähren. Um zwei Uhr im Palast. Und würden wir bitte die Güte haben, uns nach Möglichkeit pünktlich einzustellen. Wir würden, versicherte ich ihm.

Leidenschaftslos blickte mich jetzt Lord Caiaphas, Hoher Priester der Judenheit, aus dem Bildschirm des Monitors an. Das Gesicht über dem säuberlich gestutzten Bart wirkte feinknochig und asketisch; die hohe Stirn, die wohlgeformte Nase verrieten einen aristokratischen Einschlag; die Augen unter den geschwungenen Brauen waren schwarz und kalt wie die Augen einer Schlange.

»Lord Caiaphas«, hörte ich mich sagen, »vielleicht empfiehlt es sich, mit der Sondersitzung zu beginnen, die der Sanhedrin gestern vormittag abhielt.«
Er neigte würdig sein Haupt. »Wie Sie belieben.« Gelassen und wachsam in einem saß er vor den bücherbeladenen Regalen in seinem Studierzimmer, angetan mit einem purpurfarbenen Priesterrock aus Seide, den Kopf mit einem enganliegenden Käppchen bedeckt.
In genau dieser Haltung hatten wir ihn angetroffen, als wir am Nachmittag das Zimmer betraten. Der Raum selbst war weniger geeignet, Kontemplation und Meditation zu fördern als vielmehr, Besucher zu beeindrukken und einzuschüchtern. Die Bücher in den Regalen, das Teppichmuster, die sorgsam kalkulierten Winkel, in denen die Sessel aufgestellt waren – all das hatte unsere Blicke zu Caiaphas hingelenkt, der sich gleichsam im Zentrum eines Magnetfeldes befand: ein Mann, der die Aufmerksamkeit seiner Umgebung erzwang, nicht seines anziehenden Wesens wegen, sondern weil er gefährlich war. Dieses Gefühl von Gefahr ging von ihm aus wie ein elektrischer Strom. Unwillkürlich hatte unser Schritt an der Schwelle gestockt, wie gebannt vom Anblick der sitzenden Gestalt, und Greg hatte mir ins Ohr geflüstert: »Vorsicht, Cass, mit dem ist nicht gut Kirschen essen.«
»Würden Sie die Liebenswürdigkeit haben, uns zu sagen, worum es ging?« fragte ich.
Er hob die Schultern. »Wir befaßten uns mit dem Gotteslästerer Davidson.«
»Eine Art Leichenschau?«
»Wenn Sie so wollen.«
Ich nickte. »Stimmt es, daß Sie am vorigen Donnerstag abend im Sanhedrin auf seine Hinrichtung drangen?«
»Es war meine Pflicht, Mr. Tennel.«
»Und daß Sie den Generalgouverneur persönlich auf-

suchten, um zur Durchführung des Urteilsspruches seine Einwilligung zu erwirken?«
»Ganz recht. Der Herr Generalgouverneur war, wie ich mit Genugtuung feststellen kann, äußerst entgegenkommend und hilfsbereit.«
Das war ein Leckerbissen, an dem sich Pilate gütlich tun mochte.
»Warum«, fuhr ich fort, »legten Sie soviel Gewicht darauf, ihn sterben zu sehen?«
Die geschwungenen Brauen schoben sich empor. »Nicht ich persönlich. Ich bin ein Diener Gottes, Mr. Tennel, und als Diener Gottes liegt mir nichts ferner, als irgendeinem Menschen den Tod zu wünschen. Aber als Hohem Priester der Judenheit fallen mir nun mal gewisse Verantwortlichkeiten zu. Daß er starb, entsprach einzig und allein dem Wohle unseres Volkes.«
Unbewegt blickte er in die Kamera, während die Worte trocken und farblos von seinen Lippen tröpfelten. Wir hätten genau so gut die Ausmerzung unergiebiger Weinstöcke diskutieren können.
»Aber glauben Sie nicht, Euer Gnaden, daß er für das Volk auch eine Menge geleistet hat? Aus dem Blickwinkel des Mannes von der Straße jedenfalls? Die vielen Heilungen, die ihm zugeschrieben werden, sowie sein Ruf, sich ...«
»Er war ein religiöser Scharlatan, Mr. Tennel.« Wie das Messer eines Chirurgen, eher kalt berechnend als zornig, schnitt seine Stimme mir das Wort ab. »Ein Ketzer und Volksaufwiegler. Eine Schande für die ganze Judenheit.«
»Die Geschichte hat auch einen politischen Aspekt, nicht wahr?«
»Alles hat einen politischen Aspekt.« Die dünnen Lippen spreizten sich belustigt. »Das ist eine Lehre, die uns Rom erteilt hat.«

»Möchten Sie sich zu der politischen Seite der Angelegenheit äußern?«
»Ich glaube kaum. Darüber dürfte sich Seine Exzellenz, der Generalgouverneur, umfassend ausgelassen haben.«
Kapper hatte mich gewarnt, es würde schwer halten, ihn ins Wanken zu bringen. Nach dem Nervenbündel Pilate wirkte er in seiner eiskalten Autorität recht eindrucksvoll. Er behandelte meine Fragen mit einer geradezu verächtlichen Ruhe und wählte seine Worte mit Bedacht, ohne sich aus dem Bau locken zu lassen.
»Um auf die Sondersitzung von gestern früh zurückzukommen«, fuhr ich fort, »wurde das Gerücht um Davidsons Wiederauferstehung zur Sprache gebracht?«
Er blickte mich bissig an. »Es ist nicht unsere Art, den Sanhedrin einzuberufen, um unsere Zeit mit Gerüchten zu vergeuden. Uns interessieren allein Tatsachen.«
»Ist es denn nicht eine Tatsache, daß man Davidsons Grab gestern morgen leer fand?«
»In der Tat.« Er servierte mir den Wortbrocken mit einem Ausdruck gelangweilten Ekels.
»Und welche Erklärung hat der Sanhedrin dafür, Euer Gnaden?«
»Ein einfacher Fall von Grabräuberei, dazu noch recht plump. Offenbar waren einige Mitglieder seiner Bande nachts eingebrochen und hatten die Leiche mitgenommen.«
»Verstehe.«
»Wir hatten es auch nicht anders erwartet.«
»Oh?«
Er seufzte. »Mehr als einmal hatte er die Stirn gehabt, seine eigene Wiederauferstehung vorauszusagen.«
»Leichenraub kann schwerlich als Wiederauferstehung bezeichnet werden.«
»Aber unschwer läßt es sich so hinstellen, Mr. Tennel.«

»Möglich.« Ich schwieg einen Augenblick und fragte dann: »Wie verhält es sich mit dem Erdbeben?«
»Davon weiß ich nichts«, antwortete er, eine Spur zu hastig. »Ich habe von einem Erdbeben nichts gespürt. Seine Exzellenz auch nicht, soweit ich weiß.«
»Das hat er mir gesagt.«
Diesmal schob ich eine etwas längere Pause ein.
»Ich fürchte, bei diesem und jenem von uns geht manchmal die Phantasie ein wenig durch«, meinte er schließlich. »Zeichen und Wunder. Sie wissen schon, was ich meine.«
»Zeichen und Wunder? So wie der Tempelvorhang, der mitten durchriß, als Davidson am letzten Freitag starb?«
»Ach«, sagte er und schürzte seine Lippen, »das.«
Ich nickte. »Eine merkwürdige Sache, nicht?«
»Niederträchtig«, gab er zur Antwort. »Der reine Vandalismus.«
»Sie glauben, daß sich jemand in den Tempel geschlichen hatte, um den Vorhang zu beschädigen?«
»Natürlich. Eins von seinen Bandenmitgliedern, das ist doch offenkundig. Diese ignoranten Lümmel, die er um sich geschart hatte ...« Er preßte die Lippen aufeinander, seine Augen glänzten hart. »Das gehört in dasselbe Kapitel wie seine Brandreden und der Wunderschwindel. Der Mann war ein eingefleischter Exhibitionist, der sich die Leichtgläubigkeit gefühlvoller Narren zunutze machte. In den Städten von Galiläa wuchern die absonderlichsten Legenden über ihn – daß er auf dem See herumspaziert sei, daß er ganze Fischzüge herbeigezaubert habe, daß er mit einer Handvoll Bissen fünftausend Menschen gespeist habe. Mätzchen, Mr. Tennel. Ekelerregende, gotteslästerliche Mätzchen.«
Ich riß ihn abrupt aus seiner Suada. »Die Wachen sollen überwältigt worden sein – am Grab, meine ich?«

Er bedachte mich mit einem verbissenen Lächeln, weiß blitzten die Zähne aus seinem Bart. »Ach, richtig, die Wachen. Ich hatte gehofft, Sie würden mir das ersparen, Mr. Tennel. Ein ziemlich wunder Punkt, fürchte ich.«

»Natürlich waren ihre Gegner ihnen an Zahl überlegen?«

Er schüttelte den Kopf. »Ich sehe, daß ich die Karten offen auf den Tisch legen muß, Mr. Tennel. Von zahlenmäßiger oder sonstiger Überlegenheit kann nicht die Rede sein. Tatsache ist vielmehr, daß sie schliefen und daß das Grab währenddessen ausgeraubt wurde.«

Es warf mich beinahe um. Ich hatte zwar erwartet, daß er in seinem Bestreben, das Gedächtnis eines Mannes zu zerstören, zu dessen Exekution er Pilate veranlaßt hatte, skrupellos vorgehen würde, aber doch nicht derartig niederträchtig.

»Ein recht peinliches Eingeständnis, wie ich zugeben muß«, sagte er kalt. »Dazu äußerst blamabel für den Stolz des jüdischen Soldaten. Aber so ist es nun einmal, und die Wahrheit muß heraus, Mr. Tennel. Mag man uns ruhig schlechte Soldaten schelten, niemand soll uns nachsagen, daß wir nicht aufrechte Männer sind.«

Darüber kannst du dich ja mit Major Sanballet auseinandersetzen, dachte ich und überlegte, auf welchen gottverlassenen Posten man den wohl inzwischen abgeschoben hatte.

Ich sagte: »Schwer vorstellbar, daß alle geschlafen haben, Euer Gnaden. Zwei oder drei, na schön. Aber die ganze Abteilung ...«

Er nagte an seinen Lippen. »Sie setzen mich sehr unter Druck, Mr. Tennel.«

»Ich möchte eine Antwort.«

Er nickte. »Vielleicht könnte man von einer kleinen, keineswegs ungewöhnlichen, wenn auch allzu lockeren Feier sprechen, die sich dem ausklingenden Sabbatfest anschloß. Es geht mir durchaus nicht darum, irgendwelche Ausflüchte zu ersinnen. Tatsache ist aber, daß die Männer die ganze Woche über beträchtlich unter Druck gestanden hatten, und als der Sabbat am Samstag abend um sechs zu Ende war . . .«

»Ein Trinkgelage«, fuhr ich grob dazwischen. »Wollen Sie darauf hinaus?«

Er hob die Schultern und breitete die Arme aus. »Äußerst bedauerlich, daß die Männer über die Stränge geschlagen haben.«

»Bedauerlich, aber auch verständlich«, betonte ich.

»Sehr freundlich von Ihnen.«

»Und so plausibel, als Alibi bestens geeignet.«

Er funkelte mich böse an. Bevor er jedoch ein Wort herausbringen konnte, fuhr ich fort: »Zusammenfassend läßt sich also folgendes sagen: Davidson wurde ordnungsgemäß hingerichtet, sein Leichnam bestattet. Samstag nacht oder Sonntag früh wurde das Grab – während die Wachen, sagen wir, außer Gefecht waren – aufgebrochen und der Leichnam gestohlen. Stimmt das?«

»Vollkommen. Eine bündige Fassung der offiziellen Verlautbarung, die wir der Presse für morgen zur Veröffentlichung freigegeben haben.«

»Es handelt sich also um den offiziellen Standpunkt der Kirche?«

»So ist es.«

Ich lächelte. »Was, Euer Gnaden, würden Sie sagen, wenn Sie hörten, daß es Beweise gibt für das Wiedererscheinen Jesus Davidsons? Daß er im Verlauf der letzten vierundzwanzig Stunden gesehen worden ist? Daß er mit jemandem gesprochen hat?«

»Unsinn«, erwiderte er verächtlich. »Das würde ich sagen. Unsinn. Mehr noch. Leichtsinniger, unverantwortlicher Unsinn.«

»In unseren Ohren klang das weder leichtsinnig noch unverantwortlich«, wandte ich behutsam ein.
Er schürzte die Lippen. »Mr. Tennel, ich sehe, daß ich freimütig zu Ihnen sprechen muß. Davidson hat uns viele Schwierigkeiten bereitet. Es kann wohl zu Recht festgestellt werden, daß wir uns in dieser Angelegenheit äußerst geduldig und nachsichtig verhalten haben . . .«
»Nachsichtig, Euer Gnaden? Sie haben ihn hinrichten lassen.«
»Erst als uns keine Wahl mehr blieb. Erst als er uns keine Wahl mehr ließ. Drei Jahre lang hatte er sich frei im Lande bewegen können. Wir hätten ihn jederzeit festnehmen können. Hinlänglich Veranlassung dazu gab er uns ja. Denn von Tag zu Tag stellte er seine Feindschaft zur herrschenden Kirche erneut unter Beweis. Er ließ es sich eigens einfallen, einige unserer verdienstvollsten Gelehrten zu beleidigen, und er ließ sich auch sonst keine Gelegenheit entgehen, unsere Autorität zu untergraben und das Fundament des wahren Glaubens zu unterhöhlen.«
Ich sagte: »Läßt sich das nicht eigentlich von jedem großen Reformator behaupten?«
»Ein Dorfschreiner, der sich in Kneipen herumtreibt und sich seine Freunde im Bodensatz unserer Gesellschaft sucht, kann schwerlich als religiöser Erneuerer bezeichnet werden, Mr. Tennel.« Mit eingekrümmten Schultern lehnte er sich vor. »Machen Sie sich eigentlich klar, in welch schwieriger Lage wir uns heute in diesem Lande befinden? Wir sind ein stolzes Volk, das sich nicht gerade willig unter die Fremdherrschaft beugt. Zu Recht läßt sich sagen, daß Friede und Wohl der Nation nur gewährleistet werden können durch die Existenz einer starken Kirche. Sollte die Autorität der Kirche einmal in Frage gestellt werden, so würde wohl das Unheil über uns hereinbrechen. Das ist der eigent-

liche Grund, warum wir mit solchem Nachdruck gegen Davidson vorgehen mußten. Ein Jahr noch, anderthalb äußerstenfalls, und das moralische Mark unseres Volkes wäre durch seine Lehren zerfressen worden; die komplexe Ordnung öffentlicher wie privater Moralität, in der sich unsere tiefverwurzelten geistigen Überzeugungen widerspiegeln. Dies ist es doch, wogegen er Sturm lief, Mr. Tennel: das Gesetz Gottes, nach dem wir unser Leben ordnen und aus dem wir immer wieder die Kraft schöpfen, unsere nationale Identität zu wahren angesichts der vielen Invasionen und Okkupationen durch unsere Feinde.

Wir sind ein tiefreligiöses Volk, Mr. Tennel. Wir kämpfen um unseren Platz in einer Welt, die der Religion überdrüssig geworden ist. Es ist uns durchaus nicht entgangen, daß sich in den Augen eben dieser Welt vieles von dem, was wir tun, trivial ausnimmt – ja sogar absurd. Wie zum Beispiel unser Beharren auf der Heiligkeit unseres Gesetzes, das uns für jede Arbeit, jede Handhabung ein genaues Verfahrensmuster liefert, vom einfachsten Handschlag der Hausfrau in der Küche bis zu den wichtigen Zeremoniells im Tempel – wir wissen, daß viele Menschen das für ein undurchdringliches Gewebe aus Aberglauben halten. Unsere strikte Befolgung des Sabbat, die Vorrang hat vor allen anderen Dringlichkeiten; die Pharisäer, eine Gemeinde von Schriftgelehrten und Heiligen, dazu berufen, in aller Öffentlichkeit dem Buchstaben des Gesetzes Geltung zu verschaffen, damit alle Menschen sich danach richten mögen und geläutert werden; das getreue Gedenken, das wir jenen großen geschichtlichen Ereignissen bewahren, durch die sich Gott unserem Volke offenbarte; unser ungesäuertes Brot, unsere strengen Speisegesetze, unsere Gebetsriemen – all dies, wir wissen es wohl, wird von unseren Nachbarn mit Spott be-

trachtet. Für uns jedoch ist es von Belang, und seinen Wert haben wir oft genug unter Beweis gestellt. Unsere Sicherheit ist darin begründet.
Wir sind ein kleines Volk, Mr. Tennel, und unsere Nachbarländer waren uns an Macht stets weit überlegen. Dennoch haben wir sie alle überdauert. Ägypten, Persien, Griechenland – wir haben ihren Niedergang erlebt, während wir selbst uns ungeschwächt erhalten konnten. Nicht weil wir stärker sind, sondern weil wir dem Gesetz Gottes die Treue bewahrt haben.
Und darum mußte Davidson zum Schweigen gebracht werden. Er mißachtete das Gesetz und ermutigte unser Volk, seinem Beispiel zu folgen. In aller Öffentlichkeit verkündete er, daß einzig die Mißachtung des Gesetzes den Menschen befähigt, Gott seine wahre Ehrfurcht zu bezeugen. Ich hoffe, daß diese Darlegungen genügen, Sie davon zu überzeugen, welche erschreckenden Konsequenzen sich aus der Befolgung einer derartig unverantwortlichen Lehre ergeben.« Er lehnte sich auf seinem Stuhl zurück und schüttelte langsam den Kopf, während ein frostiges Lächeln über seine Lippen kroch, das in den Augen keinen Abglanz fand. »Er war kein Reformator, Mr. Tennel, er war ein Rebell, ein Aufrührer. Ohne großes Format, zu unserem Glück.«
An Fischblütigkeit dir jedenfalls nicht gewachsen, mein Freund, dachte ich.
Ich sagte: »Wenn jemand der Sicherheit des Staates im Wege steht, muß er eben sterben.«
Er nickte. »Richtig. Das ist der springende Punkt. Hat man sich das einmal klargemacht, dann begreift man auch, daß wir uns diese wilden Parolen von einer angeblichen Wiederauferstehung einfach nicht leisten können. Jesus Davidson ist tot. Das ist eine Tatsache, Mr. Tennel. Und wenn Sie mir gestatten wollen, die momentan etwas triste und angespannte allgemeine Atmo-

sphäre durch eine scherzhafte Bemerkung aufzulockern, so möchte ich hinzufügen, daß es sich um eine quasi nackte Tatsache handelt, die wir mit Nachdruck haben festnageln lassen.«
Ich blickte ihn angewidert an. »Ein ziemlich grausamer Scherz, Euer Gnaden.«
»Möglich, möglich. Doch recht harmlos, Mr. Tennel, wie ich meine. Was sich von dieser bösartigen Lüge hinsichtlich der Wiederauferstehung nicht sagen läßt.«
Seine liebenswürdige und selbstsichere Stimme zuckte über mich hin wie ein Rapier. Ich fühlte, wie der Zorn in mir aufstieg, und zwang mich zur Ruhe.
»Er erhob Anspruch darauf, als Messias zu gelten?«
»Er erhob auf vieles Anspruch, aber die rauhe Wirklichkeit Golgathas widerlegte ihn in jeglicher Hinsicht. Der Tod läßt sich nicht beschwatzen, Mr. Tennel.«
Immer wieder flocht er meinen Namen in seine wohlabgewogene Rede – eine Nadelstichtaktik, die mir nicht unbekannt war, hatte ich mich ihrer doch häufig selbst bedient. Aber sie trug wenig dazu bei, meine Sympathien für ihn zu erhöhen.
»Nein«, erwiderte ich. »Aber ist es nicht möglich, daß uns in Jesus Davidson ein Mann begegnet, der den Tod zu überwinden vermag? Der über die höchste messianische Gabe verfügt – die Macht, sich seines Lebens zu entledigen, und die Macht, wieder Besitz von ihm zu ergreifen?«
Er blickte mich aus verengten Augen an. »Es schmeichelt mir zu entdecken, daß Sie es sich angelegen sein ließen, dem Studium unserer Religion einige Aufmerksamkeit zu widmen, Mr. Tennel. Offen gestanden hatte ich eine derartige Beschlagenheit bei einem Nichtgläubigen nicht erwartet.« Er legte seine Zeigefinger mit den Kuppen gegeneinander und strich sich mit den Daumen über den Bart. »Ich möchte keinesfalls pedantisch wir-

ken«, fuhr er schulmeisterhaft fort, »aber Ihr Wissen ist in diesem Punkte nicht ganz korrekt. Sicher, die Macht über den Tod ist ein Charakteristikum, das dem Messias eignet. Doch Ihre Auslegung ist irrig. Der Messias ist stärker als der Tod. Woraus sich logisch ergibt, daß er unsterblich ist. Sollten bei uns irgendwelche Unklarheiten hinsichtlich der Identität Davidsons bestanden haben, so sind sie durch seinen Tod am letzten Freitag nachmittag vollständig zerstreut worden.«

»Sie waren sich also tatsächlich nicht ganz im klaren über ihn?« hakte ich nach.

»Doch. Wir wußten, woran wir mit ihm waren.«

»Sie haben nie daran gedacht, daß er wirklich der Messias sein könnte?«

»Nicht eine Sekunde lang.«

»Tatsache ist aber, daß viele Menschen in ihm den Messias gesehen haben.«

Er musterte mich ungehalten. »Die Welt ist voller Narren, die sich nur allzu gern von einem Rattenfänger verführen lassen, Mr. Tennel. Narren, die alles und jedes glauben, so absurd es auch immer sein mag – man muß es ihnen nur immer wieder einhämmern.«

Ich nickte. »Zugegeben. Aber ich spreche jetzt nicht von Narren, ich spreche von gescheiten Leuten, von Männern und Frauen mit gesundem Menschenverstand, die ihm ursprünglich durchaus skeptisch gegenüberstanden, am Ende jedoch zu seinen ergebenen Anhängern wurden.«

»Nach meiner Erfahrung«, gab er glattzüngig zurück, »neigen viele ansonsten intelligente Menschen zu unerklärlicher Naivität, sobald es sich um religiöse Belange handelt. Ich hätte eigentlich erwartet, Mr. Tennel, daß Sie das Urteil eines Berufstheologen für stichhaltiger erachten würden als das Wunschdenken von Leuten, die über keinerlei Ausbildung in Exegese verfügen. Ich darf Ihnen versichern, daß wir, die wir unser Leben der Erforschung von Gottes Gebot gewidmet haben, die ersten sein werden, die den wahren Messias erkennen und ihm huldigen.«

»Aber natürlich«, versicherte ich.

Meine Zustimmung behagte ihm offensichtlich. Zum erstenmal zeigte sich in seinem Lächeln ein Hauch von Wärme. »Wir gewährten ihm jede nur erdenkliche Möglichkeit, seinen Anspruch zu erhärten, wissen Sie. Selbst bei seinem Prozeß am vorigen Donnerstag abend, als schon eine lückenlose Beweiskette gegen ihn vorlag, gaben wir ihm noch einmal Gelegenheit, uns zu überzeugen, daß er wirklich der sei, der zu sein er vorgab.«

»Sie forderten ihn auf, sich zu bekennen?«

»Ja.«

»Und was sagte er?«

Das Lächeln verschwand, sein Gesicht wurde kalt und hart. »Er nannte den geheimen Namen Gottes.«

»Sie müssen schon entschuldigen«, sagte ich, »aber ich verstehe nicht ganz, was ...«

»Den verbotenen Namen, den heiligen Namen, der nur vom Hohen Priester im Allerheiligsten des Tempels ausgesprochen werden darf.«

»Hinter dem großen Vorhang?«

Er nickte. »So ist es. Es ist der Name, den der Herr Moses in der Wüste anvertraute. Der Name, der unser Volk aus der ägyptischen Sklaverei befreien sollte. Seit jenem Tage betrachten wir den profanen Gebrauch dieses Wortes als Frevel. Und wenn ein Mensch es gar auf sich selbst anwendet, so ist das die schlimmste und fürchterlichste Form der Gotteslästerung.«

»Und das hat Davidson bei seinem Prozeß getan?«

»Ja.« Sein bleiches und erregtes Gesicht füllte den Bildschirm.

»Er nannte sich Gott?« fragte ich weiter.
»Ja.«
»Und weil er sich Gott nannte, mußte er sterben?«
»Die schlimmste Lästerung, Mr. Tennel. Wir hatten keine Wahl.«
»Nein«, sagte ich bedachtsam. »Wahrscheinlich nicht. Und doch – verzeihen Sie, Euer Gnaden – aber mir scheint, daß auch er keine Wahl hatte, falls er der Messias war. Er war aufgefordert worden, sich zu bekennen, und genau das tat er.«
Es war, als verkröche er sich in sich selbst. Sein Kopf sank zwischen die Schultern, er beobachtete mich aus halbgeschlossenen Augen.
»Wollen Sie damit sagen, daß wir ...«
»Ich will damit überhaupt nichts sagen, Euer Gnaden«, gab ich behutsam zurück. »Es kommt mir nur merkwürdig vor, daß man einen Menschen, für den es um Leben und Tod geht, vorsätzlich dazu provoziert, sein eigenes Verdammungsurteil auszusprechen.«
»Das ist eine grobe Verzerrung der Tatsachen«, fuhr er scharf dazwischen.
»Tut mir leid, Euer Gnaden. Aber Sie werden zugeben müssen, daß es auf jemanden, der mit ihrer Prozeßordnung nicht weiter vertraut ist, nicht gerade überzeugend wirkt, wenn ...«
»Ich gebe überhaupt nichts zu.« Er sprach jetzt erregt, zornentbrannt fast und mit einem unüberhörbaren Anflug von Furcht. »Glauben Sie denn, daß es jemals soweit gekommen wäre, wenn es sich bei ihm wirklich um den Messias gehandelt hätte? Der Messias als Todeskandidat vor dem höchsten kirchlichen Gremium des Landes?«
»Wahrscheinlich nicht.«
»Undenkbar, Mr. Tennel. Völlig undenkbar. Wenn der Messias kommt, so werden die Macht und die Herrlich-

keit ihn umgeben, und die ganze Welt wird sich beugen vor seinem Willen, und sein Ruhm wird umschließen das ganze Menschengeschlecht.« Ergriffen von diesen Worten, schwang sich seine Stimme hoch und stimmte diesen eigentümlichen Singsang an, der mir schon bei Nicodemus aufgefallen war. »Und voll Glanz wird er stehen, wie die Sonne am hohen Mittag, und niemand wird ihm standhalten können. Und das Dach des Himmels soll sein Gewand sein und die Erde der Schemel für seine Füße. Und jubeln werden die Inseln, von wannen er kommt, und frohlocken mit Jauchzen werden die Hügel.« Er brach abrupt ab und blickte mich böse an, die Augen wie schwarze Glasscherben im bleichen Gesicht. »So wird uns der Messias erscheinen, Mr. Tennel. Und nicht wie jener Mensch, der wegen Gotteslästerung und Hochverrat hingerichtet wurde; der schäbig war und arm; ein Nazarener und Trunkenbold. In ihm war sie nicht verkörpert, die Sendung des himmlischen Boten. Seine Freunde waren Herumtreiber und Unzufriedene, der Abschaum unseres Volkes. Seine Worte waren Worte des Wahns und nicht der Weisheit, und sein Tod, wie sein Anfang, war bar jeder Würde.«

»Die Raupe und der Schmetterling«, sagte ich gedehnt.

»Wie bitte, Mr. Tennel?«

»Nichts weiter, Euer Gnaden, ich habe nur laut gedacht.«

»Oh, wirklich?« Seine Augenbrauen schoben sich spöttisch empor. »An Schmetterlinge?«

»Wissen Sie«, erläuterte ich, »daß sich diese Fabel oder Legende in der Geschichte jeder großen Nation wiederfindet, Euer Gnaden? Die Story von dem König, der sich als einfacher Bürger verkleidet und unerkannt unter seinem Volke einherwandelt. Nehmen wir einmal an, daß es einen Gott gibt, der sich gleichfalls dazu entschließt. Theologie schlägt zwar nicht in mein Fach, aber . . .«

»Diese Bescheidenheit steht Ihnen gut zu Gesicht, Mr. Tennel.«

»Danke«, sagte ich lächelnd. »Aber nehmen wir doch ruhig einmal an, daß Gott unseretwegen in Sorge ist. Daß ihn das Los des einfachen Menschen bekümmert. So sehr bekümmert, daß er sich entschließt, einer von uns zu werden. Unser Leben zu teilen von Geburt an – alle Tränen und Schmerzen und Enttäuschungen. Daß er sich bereit findet, sich aller Macht und aller Herrlichkeit zu begeben, um mit seinem Volke zu leiden und, am Ende, zu sterben.«

»Ich muß protestieren, Mr. Tennel. Selbst als Ausflug in das Reich der Phantasie ist dieser Gedanke ungeheuerlich.«

»Am Kreuz sterben«, fuhr ich fort. »Begraben werden. Dann wiederauferstehen von den Toten. Sich im wahren Lichte zeigen. In all den wunderbaren Farben, mit denen Sie den wahren Messias geschildert haben, Euer Gnaden. Die Macht und die Herrlichkeit, erhoben zu neuem Leben, so wie die Schönheit des Schmetterlings ausschlüpft aus dem abgestorbenen Körper der unansehnlichen kleinen Raupe.« Ich beobachtete ihn wachsam. Greg hatte ihn in Großaufnahme, und hinter der glatten Fassade seines hochmütigen Gesichts spürte ich den Aufruhr seiner Gefühle. Wut und Furcht und Zweifel lagen im Widerstreit, und es war bewundernswert, mit wieviel Selbstbeherrschung er sie im Zaum hielt. Einzig die winzigen Schweißperlen auf seiner Stirn verrieten, welch gewaltige Anstrengung ihn das kostete. »Der Messias, wie Sie ihn schildern, Euer Gnaden, ist gewiß eine eindrucksvolle Gestalt. Dennoch, lieber als Ihren erhabenen König, der da kommen soll, um uns seinen Willen aufzuzwingen, würde ich jenen Gott willkommen heißen, der sich aus der Tiefe menschlicher Unzulänglichkeit erhebt.«

Er produzierte ein mageres Lächeln. »Ein reizender kleiner Tagtraum, Mr. Tennel, wenn auch nicht gerade sehr originell. Immerhin . . .«

»Aber ist es ein Tagtraum, Euer Gnaden? Oder handelt es sich vielleicht, seit gestern früh, um eine greifbare Realität?«

Unwillig scherte er die Finger seiner rechten Hand gegen mich vor.

»Schon recht«, sagte ich. »Nun liegt uns aber eine Zeugenaussage vor, die uns einen nachhaltigen Eindruck gemacht hat. Und in dieser Zeugenaussage ist von der Wiederauferstehung Davidsons die Rede.«

Er seufzte. »Ich möchte Sie nicht nach dem Namen Ihres Informanten fragen, aber ich vermute doch, daß es sich um eine Frau handelt. Und zwar um eine ganz bestimmte Frau, wie ich zu erraten glaube. So ist es doch.«

»Ja, in der Tat, so ist es.«

Er nickte. »Das ließ sich denken. Davidson übte auf Frauen eine ganz eigentümliche Wirkung aus – auf Frauen wie Mary Magdala jedenfalls.«

»Mary Magdala habe ich mit keiner Silbe erwähnt.«

»Nein. Aber ich weiß es auch so. Wenn man ein Volk wie das unsere unter Kontrolle halten will, muß man schon über verläßliche Informationsquellen verfügen, Mr. Tennel. Ja, auf Frauen ihres Schlages hatte er einen großen und üblen Einfluß. Als er arrestiert wurde, machten sich, wie Ihnen vielleicht bekannt ist, seine Männer aus dem Staube. Ergriffen das Hasenpanier. Ein erbärmliches Pack, nur darauf bedacht, mit heiler Haut davonzukommen. Bei seiner Hinrichtung war kein einziger zugegen, doch von den Frauen . . .«

»John Zebedee«, warf ich rasch ein. »Er war doch dort, nicht wahr?«

Er krauste die Stirn. »Die Ausnahme von der Regel. Und auch ihn sollte man sorgfältig unter die Lupe nehmen, Mr. Tennel. Sehr sorgfältig sogar.«
»Aber er ist doch, soweit ich weiß, mit Ihnen verwandt, Euer Gnaden. Ihr Vetter.«
»Ganz recht, obwohl das kaum zur Sache gehören dürfte.« Er maß mich mit einem eisigen Lächeln. »Das schwarze Schaf, das sich in fast jeder Familie findet.«
»Verzeihen Sie, wenn ich Sie unterbrochen habe. Sie sprachen gerade von den Frauen . . .?«
»Ach ja, richtig, die Frauen. Sehen Sie, die waren sämtlich anwesend. Bei der Hinrichtung. Wie bedrükkend und wie abnorm!«
»Bedrückend, gewiß.«
»Und abnorm«, wiederholte er fest. »Wo, in welcher Religion gibt es denn das, daß Frauen eine derart entscheidende Rolle zugebilligt wird?«
Das war der wahre Jude, der aus ihm sprach. Eine solche Vorstellung ging ihm gegen den Strich: In den Synagogen saßen die Frauen von den Männern getrennt. Von der eigentlichen Teilnahme so gut wie ausgeschlossen, wurden sie als Zuschauer geduldet.
Ich sagte: »In manchen der griechischen Kulte . . .«
»Allerdings. In den griechischen Kulten. Was es mit denen auf sich hat, wissen wir wohl alle recht gut. Konzessionierte Unmoral dürfte eine recht wohlwollende Umschreibung für ihre Riten sein.«
»Man bezeichnet sie als äußerst poetisch, Euer Gnaden«, warf ich behutsam ein.
»Poetisch! Ein Wort, das in unserer Zeit für Verderbtheit steht. Abscheulich sind sie, Mr. Tennel. Primitive Fruchtbarkeitsriten, eingepuppt in ein Raffinement aus Musik und Mummenschanz, um sie als Religion zu drapieren. Widerwärtig.«
Ich lächelte für mich. Das empörte Gewissen der Juden-

heit, das war eine Rolle, die ihm auf den Leib geschrieben war.
»Doch selbst bei denen«, fuhr er fort, »würde man eine so schandbare Person wie Mary Magdala kaum dulden. Eine sinnliche, schamlose Kreatur von übelster Reputation.«
»Ich darf Ihnen gestehen, Euer Gnaden, daß sie bei uns keineswegs einen derartigen Eindruck hinterlassen hat. Wir haben sie vielmehr recht charmant gefunden.«
Er reckte sich ein Stück empor. »Mr. Tennel, was soll's? Die Frau ist viel zu berüchtigt, als daß wir uns weiter mit ihr abzugeben brauchen.«
Ich war entschlossen, mich nicht von ihm niederkardätschen zu lassen. »Wie gut kennen Sie sie denn, Euer Gnaden? Sind Sie ihr jemals persönlich begegnet?«
»Nein. Und ich habe auch nicht die mindeste Sehnsucht danach. Was über ihren Charakter und ihren Lebenswandel bekannt geworden ist, genügt vollständig, um ...«
Ich nickte. »Andererseits kannte Jesus Davidson sie zweifellos recht genau. Und das genügte ihm, ihr einen Platz unter seinen engsten Freunden einzuräumen. Einen wichtigen und ehrenvollen Platz.«
»Ehrenvoll, Mr. Tennel? Das dürfte kaum der treffende Ausdruck sein. Ich würde mich jedenfalls hüten, ihre Gemeinschaft mit diesen Männern als ehrenvoll zu bezeichnen.«
Kerzengerade, hochaufragend saß er da, der Richter hinter seinem Tisch, getragen von der moralischen Kraft des Gesetzes. Ja, dachte ich, so mußt du ihm erschienen sein, als du am Freitag morgen das Todesurteil über ihn sprachst.
Ich sagte: »Leider vermag ich Ihre Ansicht nicht zu teilen, Euer Gnaden. Nach allem, was ich aus dem Munde Mary Magdalas weiß ...«
»Ich muß doch bitten.« Beleidigt neigte er den Kopf

zur Seite. »Naivität dürfte hier wenig angebracht sein, denn die nüchternen Fakten sprechen eine eindeutige Sprache. Zwölf Männer, von denen keiner besonderes Ansehen genießt, lassen ihre Häuser, manche sogar ihre Weiber im Stich und werden zu Herumtreibern; und diesem Haufen von Vagabunden schließt sich eine Frau mit einem derart üblen Leumund an. Die einzig mögliche Schlußfolgerung liegt wohl klar auf der Hand, Mr. Tennel. Von Begriffen wie Ehre dürfte das alles meilenweit entfernt sein.«

Ich sah, wie auf seinen schmalen Lippen kleine Speichelbläschen trockneten, und mir wurde klar, daß er auf pervertierte Weise voll auf seine Kosten kam. Es war beunruhigend und faszinierend zugleich, mit welcher Behendigkeit er überzuwechseln verstand vom ekstatischen Singsang, mit dem er die Vision vom Messias verkündete, zu seiner rachsüchtigen Attacke auf eine Frau, die er nie persönlich kennengelernt hatte. Er gemahnte mich an einen Psychopathen, der, nachdem er einen Menschen auf viehische Weise umgebracht hat, auf sein Zimmer zurückkehrt, um dort in aller Unschuld und voller Kindersinn mit seiner Lieblingspuppe zu spielen.

»Tut mir leid, Mr. Tennel«, sagte er mit wohlbemessener Trauer in der Stimme, »aber ich habe Sie ja gewarnt, daß es sich nicht lohnen würde, dieser Frau irgendwelche Beachtung zu schenken. Je mehr man gezwungen ist, der Affäre Davidson auf den Grund zu gehen, desto pestilenzartiger werden die Sumpfblasen, auf die man dabei notwendigerweise stößt. In Ermanglung jedes vernünftigen Anlasses läßt man besser die Finger davon.«

Ich sagte unbewegt: »Es ist weniger dieser Mangel, der mich bekümmert, Euer Gnaden. Was mich stört, ist der Mangel an Nächstenliebe.«

Kalt und zornig stieß sein Blick auf mich zu. »Ich darf Sie ersuchen, Mr. Tennel, mich nicht über Verfahrensfragen meines erwählten Amtes belehren zu wollen. Offensichtlich sind Sie ein Mensch von gütiger Wesensart. Das spricht für Sie. Nächstenliebe ist eine Gnade, die Gott uns zuteil werden läßt, eine ganz besondere Gnade. Aber sie darf nicht dazu mißbraucht werden, Untaten zu bemänteln. Nächstenliebe, Mr. Tennel, bedeutet nicht Vergebung gegenüber dem Bösen. Vielmehr handelt es sich um eine Art der Geisteshaltung, die uns dazu befähigt, die Übeltat zu verdammen, ohne den Übeltäter zu hassen. Und so entspricht es durchaus dem Gebot der Nächstenliebe, Mary Magdala als verderbtes Geschöpf zu brandmarken, denn das ist die Wahrheit.«

»Ich kann nur wiederholen«, sagte ich gleichmütig, »daß wir einen anderen Eindruck von ihr gewonnen haben. Auf uns wirkte sie sowohl zurückhaltend als auch aufrichtig. Was mich angeht, so bin ich geneigt, ihre Aussage sehr ernst zu nehmen: die Behauptung nämlich, daß sie gestern morgen Davidson gesehen und mit ihm gesprochen hat.«

Er seufzte. »Das steht Ihnen natürlich frei, Mr. Tennel. Aber ich muß doch gestehen, daß mich das bei einem Manne Ihrer Intelligenz und Ihrer Erfahrung einigermaßen befremdet. Betrüblich zu sehen, daß Sie dem Wort einer – einer ehemaligen Bauchtänzerin, die zur notorischen Herumtreiberin wurde« – er gab dem Wort eine Betonung, als würden ihm die Lippen davon spröde – »den Vorzug geben vor der wohlbedachten und, wie ich hinzufügen darf, wohlbegründeten Stellungnahme von Lord Pilate wie auch von mir selbst.«

In einer Art Appell breitete er seine Hände, ganz von Mann zu Mann und Es-wird-Zeit-daß-wir-endlich-zur-Vernunft-kommen. »Die Weiterungen, zu denen

Mary Magdalas Behauptung, wäre sie wahr, in politischer wie auch religiöser Hinsicht führen müßten, sind einfach nicht mehr kalkulierbar, Mr. Tennel. Der Generalgouverneur wie auch ich selbst sehen da ganz klar. Aber wie ist es damit bei ihr bestellt? Begreift sie das? Kann sie es überhaupt begreifen? Eine Frau ohne jede Bildung, die sich dazu noch einem Leben verschrieben hat, das man nur ...«

Ich unterbrach ihn. »Sie behauptet gar nicht, daß sie es begreift, Euer Gnaden. Nur, daß sie es glaubt. Und bei allem schuldigen Respekt, sollte die Wiederauferstehung tatsächlich stattgefunden haben, so wage ich zu bezweifeln, daß es Lord Pilate oder Ihnen gelingen wird, ein Denkschema zu finden, in dem sich ein solches Ereignis politisch oder religiös einordnen läßt.«

Er nickte gewichtig. »Womit Sie zum Ausdruck bringen – und da stimme ich völlig mit Ihnen überein –, daß es sich ganz einfach um eine Unmöglichkeit handelt.«

»Oder«, sagte ich, »um ein Wunder.«

Zornig preßte er die Lippen aufeinander, seine Augenbrauen schnellten hoch. Ein paar Sekunden hielten wir ihn so, in Nahaufnahme, schalteten dann, noch bevor er zum Sprechen ansetzte, zurück ins Studio. Die Wirkung, die ich mir davon bei den Zuschauern versprach, zeigte das Bild eines Mannes, der von etwas völlig Unerwartetem aus dem Gleichgewicht geworfen wird, vom überraschenden Ergebnis einer langen Kette sorgfältigster Überlegungen, die eine neue Perspektive eröffnet hatten, eine Perspektive jedoch, die er – als Priester – im gegebenen Fall von vornherein hätte in Rechnung stellen müssen. Und die er, als einziges, in seiner Kalkulation nicht berücksichtigt hatte.

11

Kurz nach vier waren wir wieder in Kappers Büro. Das Mädchen brachte uns Kaffee, und ich stürzte die erste Tasse in einem Zug herunter. Der Kaffee war heiß und süß, gerade die richtige Medizin für mich. Doppelzüngige Priester widerstehen mir bis zum Ekel, und das Interview mit Caiaphas war mir gehörig auf den Magen geschlagen. Ich goß mir eine zweite Tasse ein und versuchte, mich zu entspannen.

»Wie war er denn?« fragte Kapper.

»Caiaphas?« Ich zuckte gereizt mit den Schultern. »Schwierig.«

»Wie Eis und Essig« warf Greg ein, »mit einem kleinen Schuß Bitter.«

»Ja, so ungefähr. Hätten wir ihn an einen Lügendetektor angeschlossen, im Palast wäre garantiert jede Sicherung durchgebrannt. In den ersten fünf Minuten schon.«

Kapper nickte. »Habt ihr ihn denn gar nicht in die Enge treiben können?«

»Nicht so, daß es ins Auge fällt. Aber wenn wir den Film geschickt zusammenschneiden, läßt sich das sicher deichseln.«

»Glaubst du, daß er beunruhigt ist? Wegen Davidson, meine ich.«

»Offenbar versucht er, sich davon frei zu halten. Er hat

sich die Geschichte vom angeblichen Grabraub zurechtgefingert, sie mit viel theologischem Humbug drapiert und bei Pilate prompt an den Mann gebracht.«

»Was ihm bei diesem Knaben nicht gerade schwer gefallen sein dürfte.«

»Eben. Jetzt muß er nur noch sehen, daß er auch das einfache Volk in den Sack steckt.« Ich zündete mir eine Zigarette an. »Soll ich dir was verraten, Nick? Die Magdala ist für ihn ein rotes Tuch.«

»Natürlich«, meinte Kapper. »Er ist ja ein hochmoralischer Mensch.«

»Ein hochkarätiger Schweinehund ist er«, fuhr Greg dazwischen.

»Auch das. Das kommt doch meistens zusammen.« Kapper lehnte sich auf seinem Stuhl zurück und verschränkte die Hände hinter dem Kopf. »Also was meinst du, Cass? Reicht das Material, um dem Publikum Eindruck zu machen?«

»Ich weiß nicht. Ich hab so meine Zweifel. Aber was können wir jetzt noch unternehmen?« Ich blickte zur Uhr über seinem Schreibtisch, wo der Sekundenzeiger wie verrückt um das Zifferblatt kurvte. Es war das alte Lied. In diesem Job blieb nie genug Zeit, ordentliche Arbeit zu leisten. In vierundzwanzig Stunden würde die ganze Angelegenheit sicherlich entschieden sein, so oder so. Mir aber blieben nur noch fünf Stunden bis zu meinem Auftritt vor der Kamera. Mein einziger Trost war, daß ich eher am Drücker sein würde als Caiaphas, denn dessen offizielle Verlautbarung war ja erst für die Morgenpresse angesetzt.

»Nick«, sagte ich schließlich. »Das Schlimme ist, daß auf Davidsons Seite niemand steht, den man für respektabel hält.«

Kapper schlürfte seinen Kaffee. »Und das nimmst du dir zu Herzen?«

»Nicht ich. Die Zuschauer. Die wird's ziemlich aus der Fassung bringen. Ja, wäre die Magdala glücklich verheiratet, Mutter dreier Kinder, ihr Mann strebsamer Bankangestellter, dann bliebe uns eine hauchdünne Chance. Aber so? Ob sie ihr nun glauben wollen oder nicht, ihre geheimen Zweifel werden sie ja doch nicht los.«

»Wegen Mary Magdalas Reputation?«

Ich nickte. »Du weißt doch, wie sie sind. Sie halten sich für gottweißwie fortschrittlich und weltoffen, aber im tiefsten Herzensgrunde sind sie erzreaktionär. Sie werden sich genau anhören, was die Magdala vorzubringen hat, aber vergessen, daß sie einmal Bauchtänzerin war, das werden sie nicht.«

»Und Caiaphas? Was meinst du, wie der bei den Zuschauern ankommt?«

»Sie werden ihn zum Kuckuck wünschen«, sagte ich müde, »und ihm brav aus der Hand fressen. Im Kollektivhirn arbeitet das wie ein eingebauter Computer. Ganz gleich wie die Sendung aussieht, das Publikum glaubt steif und fest, daß Priester stets die Wahrheit sagen. Wenn Caiaphas behauptet, daß die Magdala ein nichtswürdiges Geschöpf ist und Davidson ein toter Ketzer, dann werden sie's ihm auch abnehmen.«

»Das wäre doch das Schlimmste nicht«, meinte Kapper. »Sieh mal, Cass, ich habe für Caiaphas genau so wenig übrig wie du, aber man muß doch zugeben, daß er einen äußerst plausiblen Standpunkt vertritt.«

»Natürlich ist es plausibel«, rief ich. »Aber das ist es ja eben. Es ist allzu plausibel, verdammt noch mal!«

Kapper spitzte die Lippen. »Wenn's die Zuschauer schlucken, bleibt allen viel Kummer erspart.«

»Hör zu«, sagte ich wütend, »der Kerl lügt. Dieses ganze Gefasel, die Wachen wären betrunken gewesen, die Leiche sei gestohlen worden – Schwindel, Nick,

Schwindel, von A bis Z. Was gestern früh am Grab auch vorgefallen sein mag, eins steht jedenfalls fest – ein Grabräuber war weit und breit nicht zu sehen.«
»Vielleicht nicht. Aber es ist doch eine hübsche und glatte Erklärung. Da gibt es keine losen Enden. Keinen Hokuspokus. Möglicherweise nicht ganz korrekt, aber doch wenigstens glaubwürdig.«
»Das ist die Wiederauferstehung also nicht?«
Er zuckte die Schultern. »Hältst du sie denn dafür?«
Ich wischte mir mit der Hand über das Gesicht. Die Haut war rauh und gespannt, hinter den Augenlidern brannte die Müdigkeit. »Du glaubst nach wie vor, daß ich mich irre?«
»Ich weiß nicht, Cass. Ich weiß es einfach nicht. Du hast dich Hals über Kopf auf diese Wiederauferstehungstheorie gestürzt. Für dich geht's doch längst nicht mehr um eine simple Reportage. Für dich ist dies ein Fall, den du gewinnen mußt.«
Seine Worte behagten mir wenig, aber ich konnte nicht leugnen, daß er den Nagel auf den Kopf traf. Angefangen hatte es einmal mit dem einfachen Wunsch, Davidson wenigstens im nachhinein Gerechtigkeit zuteil werden zu lassen; endlich sollte die Angelegenheit auch von seiner Seite her zur Sprache kommen. Pilates offener Zynismus hatte mich aufgebracht, und mir war übel geworden, weil man Davidson so Knall und Fall zur Hinrichtung geschleppt hatte – nicht ohne seinen Namen in den Dreck zu ziehen. In diesem Stadium war es mir einzig darum gegangen, etwas Gutes über ihn sagen zu können; eine andere Triebfeder zu finden als die Gier nach politischer Macht. In meinen Gesprächen mit Regem Zaccheus und Mary Magdala war ich darauf gestoßen – auf die idealistische Vorstellung von einer neuen Gesellschaftsform, verbunden mit einer ganz außergewöhnlichen Fürsorge für den einfachen

Menschen. In Zaccheus und der Magdala schien lebendig, buchstäblich schon zum Leben erweckt, was doch nur ein Traum war, und je länger ich ihnen zugehört hatte, desto mächtiger war in mir der Wunsch aufgestiegen, diesen Traum verwirklicht zu sehen.

Irgendwo, an irgendeiner Stelle, war ich gezwungen worden, mich zu entscheiden, nicht nur zwischen Pilate und Zaccheus oder Caiaphas und der Magdala, sondern zwischen den beiden Welten, die sie verkörperten. Zwischen der Welt, die ich kannte und in der ich lebte – das talmihafte politische Gefüge aus Lüge und Verrat und Macht, einzig gestützt auf nackte Gewalt – und der Welt, die Davidson seinen Anhängern verheißen hatte.

Ich war abgespannt und erschöpft, mein Gehirn von Müdigkeit wie umnebelt. Aber ich wußte: Ich glaubte an die Wirklichkeit seiner Welt – der Welt, die mir in Regem Zaccheus mit seinem zugleich mutigen und heiteren Selbstvertrauen entgegengetreten war und in der stillen, eindrucksvollen Würde Mary Magdalas. Und weil ich an diese Welt glaubte, darum glaubte ich auch an Davidsons Wiederauferstehung.

Kapper musterte mich eingehend. »Wenn du die Angelegenheit objektiv betrachtest«, meinte er, »dann mußt du zugeben, daß das vorliegende Beweismaterial einfach nicht ausreicht.«

Wieviel Beweismaterial reicht denn aus? dachte ich. Hier kann man nur glauben oder nicht glauben.

»Das Schlimme ist«, fuhr er fort, »daß du dich persönlich engagiert hast. Ich hatte dich ja gewarnt. Du solltest über der Sache stehen, Cass. Sorgfältig abwägen, unparteiisch sichten. Aber eben das tust du nicht. Nicht mehr. Du steckst mitten drin, siehst den Wald vor Bäumen nicht und versuchst es so hinzubiegen, wie es dir in den Kram paßt. Und all das nur eines rothaa-

rigen Mädchens wegen, das seine Geschichte so ausgezeichnet zu erzählen versteht.«
Ich sagte rasch: »Nicht nur ihretwegen, Nick. Da sind auch noch die anderen. Zaccheus, der überraschend seinen Laden dicht macht. Sanballet, das wortkarge Denkmal als Retter der Regimentsehre. Nicodemus und Pilate mit ihrem Eiertanz. Thomas Didymus, dem das Herz bricht. Und jetzt Caiaphas, kalt wie eine Hundeschnauze, dem jede Lüge recht ist, wenn er bloß mit heiler Haut davonkommt. Das fügt sich doch alles in ein Gesamtbild. Das kann man doch nicht so einfach über Bord gehen lassen.«
»Ich will überhaupt nichts über Bord gehen lassen, Cass. Ich sage nur, daß du dich heute abend nicht vor die Kamera stellen und kategorisch behaupten kannst, es habe eine Wiederauferstehung stattgefunden. Nicht auf Grund der von dir zusammengetragenen Indizien.«
Er hatte natürlich recht. Schlagende Beweise gab es nicht. Ich befand mich in der Lage eines Verteidigers, der weiß, daß sein Klient unschuldig ist, dem es aber an entscheidendem Material mangelt, auch die Geschworenen davon zu überzeugen. Unter solchen Umständen muß er es auf einen Versuch ankommen lassen. Und dazu war ich entschlossen. Für mich hatte sich ein Tor geöffnet, hinter dem die neue Welt lag, von der Davidson gesprochen hatte. Ganz gleich, was geschah, ich wollte dafür sorgen, daß das Tor nicht wieder zuschlug.
»Da bin ich anderer Meinung«, sagte ich.
Kapper seufzte auf. »Verdammt noch mal, Cass, hier geht es um einen Tatsachenbericht und nicht um einen Zukunftsroman. Sehen wir uns die Tatsachen doch einmal an. Pilate behauptet, eine Wiederauferstehung habe nicht stattgefunden. Nicodemus behauptet, eine

Wiederauferstehung könne überhaupt nicht stattgefunden haben. Caiaphas stützt diese Ansicht und liefert frei Haus eine plausible Erklärung, wie das Gerücht entstanden sein könnte. Möglich, daß es nicht die richtige Erklärung ist, aber bis die sich findet, bleibt die Angelegenheit wenigstens unter sicherem Verschluß.«
Pilate, Nicodemus, Caiaphas, sie alle reckten ihre Hände, um das Tor wieder zuzuschlagen. Kirche und Staat, verstört von der Vision der Freiheit. Wer war ich denn, daß ich ihnen zum Trotz das Tor offenhalten wollte? Und wer, genau bedacht, war denn Davidson, daß er es unternommen hatte, das Tor aufzustoßen?
Ich erhob mich, trat ans Fenster und blickte hinaus über die Stadt. War Davidson am Leben, wie Mary Magdala glaubte? Und wenn er lebte, wo war er dann jetzt? Irgendwo in dem uralten Gassenlabyrinth, versteckt im Haus eines Freundes? Oder jenseits des Ölbergs, auf der Straße nach Nazareth und dem Norden? Wie mochte er wohl aussehen nach drei Tagen der Todesstarre? Und wenn er auf dem Wege war zu seiner kleinen Gefolgschaft an den blauen Wassern von Galiläa, welche Pläne bewegten ihn, was würde er seinen Anhängern mitzuteilen haben?
Das waren die Fragen, denen wir uns gegenübersahen, die Fragen, die die Zuschauer uns stellen würden. Welche Antworten wollten wir ihnen denn geben, wenn das Telefongeklingel losging und die Briefflut über uns hereinbrach? Konnte irgendeine Antwort auch nur halb so überzeugend klingen wie die runde und glatte Erklärung, die Caiaphas geliefert hatte?
Unter mir, am Jaffator, standen vor den Landbussen in Richtung Bethlehem und Kerioth und Beer-Scheba lange Menschenschlangen; in der späten Nachmittagssonne warteten die Leute geduldig mit ihren Tragtaschen und Einkaufskörben. Ehemänner auf dem

Heimweg von der Arbeit, Mütter mit ihren Kindern, Bauern, die nach einem Tag auf dem Markt rechtzeitig zum Melken zurückkehren wollten. Und so wie hier warteten überall auf der Welt unzählige Menschen. Was würden sie denken, wie handeln, wenn sie heute abend vor ihren Fernsehempfängern saßen und ein Gemisch halbgarer Informationen über sich ergehen lassen mußten: daß Gott am vorigen Freitag nachmittag in Jerusalem hingerichtet worden sei – und daß er jetzt wieder lebendig irgendwo in der Nähe von Tiberias dahinwandere?

Drüben, im Schatten des Turms beim Tor, stand ein Panzerspähwagen mit aufmontiertem Zwillingsgeschütz, dessen schmale Rohre wie gegabelte Finger zum Himmel hinaufwiesen. Die Besatzung hatte sich's im Schatten gemütlich gemacht, rauhe und tüchtige Burschen in Khakiuniform, die weißen Koppel und Schulterriemen in scharfem Kontrast zu den schier farblosen Hemden. Sie rauchten und lachten in jugendlichem Übermut, während sich in den wartenden Menschenschlangen nach und nach Unruhe breitmachte. Wieviel politische und militärische Macht verkörperten diese Soldaten doch, überlegte ich und fragte mich sogleich, was für eine Armee denn nun Gott, als junger Mann auferstanden von den Toten, gegen Roms Legionen ins Feld führen könne. Ich dachte an Zaccheus, wie er seinen Kopf zurückgeworfen hatte, um die stille Straße mit brausendem Gelächter zu überfluten; und an Thomas Didymus, wie er in unserem Studio zusammengekauert unter den Scheinwerfern hockte; und an Mary Magdala in ihrer strahlenden, leicht verletzlichen Unschuld. »Es gibt bei uns einen uralten Traum«, hatte Nicodemus gesagt, »den Traum von der Freiheit.« Konnten solche Männer und Frauen triumphieren, wo Rom gescheitert war? Konnten sie ein Reich errichten,

das nicht auf Panzerwagen ruhte und Geschossen und der Angst vor stampfenden Marschkolonnen, sondern auf Liebe und Freiheit und Frieden? Wenn Männer wie Pilate und Caiaphas Gott umbringen konnten, konnte dann Gott, indem er sich wieder zum Leben erhob, ihnen und allen Menschen Leben zuteil werden lassen – uns aus der Falle erlösen, die wir uns selbst geschaffen hatten, und uns endlich befreien?
Die Soldaten traten ihre Kippen aus und kletterten in den Panzerspähwagen. Die Geschützrohre schwenkten herab, der Motor brüllte auf, und das häßliche Fahrzeug kroch auf seinen Metallketten von der Rampe und rumpelte die Straße hinab, während sein Schatten über die Gesichter der Menge hinwegglitt wie eine stumpfe Sense. Die Metallketten rasselten, in einem blauen Schleier aus Auspuffgasen verschwand der Panzerspähwagen um eine Ecke, und unwillkürlich fielen mir ein paar halbvergessene Worte aus einem jüdischen Gedicht ein: »Herr, errette meinen Liebling, meinen Liebling von den Löwen.«
»Hat alles keinen Zweck, Cass, stimmt's?« Kapper war zu mir getreten, und seine Worte klangen mir im Ohr wie eine Stimme aus meinem Innern.
»Ich bin überzeugt, daß die Magdala ihn gesehen hat«, sagte ich störrisch.
»Es will dir ja auch keiner deine Überzeugung nehmen«, gab Kapper sacht zurück. »Aber heute abend wollen wir doch lieber auf Nummer Sicher gehen, ja? Keine voreiligen Schlüsse. Das Publikum kann sich beide Seiten anhören und sich seinen eigenen Vers darauf machen.«
Ein guter Ratschlag, vernünftig, ordentlich, genau nach Vorschrift. Darüber hinaus entsprach er der Haltung, die ich früher so oft eingenommen hatte – objektiv, unparteiisch, persönlich nicht engagiert; die Haltung,

mit der ich ursprünglich an diese Affäre herangegangen war. Über den Dächern der Stadt lag das helle Licht und vergilbte plötzlich und tauchte alles in trüben Glanz; und müde, sehr müde fragte ich mich, warum ich mich nicht auch dieses Mal zu meinem gewohnten Verfahren bereitfand.

Ich drehte mich um und sah das halbe Lächeln auf Kappers Gesicht. Sein Blick suchte meine Augen, und deutlich spürte ich seine Bitte, doch endlich nachzugeben.

»Was denkst du eigentlich, Nick?« fragte ich in einem letzten Versuch. »Nicht als Produzent, sondern als Mensch. Was denkst du wirklich?«

Sein Lächeln erlosch augenblicklich, und in seinen Augen erkannte ich das winzige Zucken des Zweifels – oder war es vielleicht nur Gereiztheit? – und dann grinste er und schlug mir mit der Hand auf die Schulter. »Was ich denke? Ich denke, du solltest dich ein paar Stunden langlegen, damit du wieder einen klaren Kopf bekommst, Cass. Deine Sendung ist eine gute Sache, aber du solltest nichts aufs Spiel setzen, nur weil du jetzt marode bist. Sollen dir die Zuschauer etwa später die Hölle heiß machen, weil du vor der Kamera aussiehst wie eine aufgewärmte Leiche?«

Ich glaube, es war das erste Mal, daß ich Nick Kapper mit sozusagen verstellter Stimme sprechen hörte. Der aufgelegte Frohsinn war so falsch wie ein Goldzahn.

»Na schön, Nick«, sagte ich. »Allerdings hättest du dir eine bessere Metapher einfallen lassen können. Unter den gegebenen Umständen.«

12

Während der Übertragung des Caiaphas-Interviews meldete mir Kapper über Studiotelefon, daß Patros uns ein paar Minuten extra bewilligt habe.
»Wieviel denn?«
»Vier.«
»Das langt nicht.«
»Weiß ich, Cass, aber mehr war nicht rauszuholen. Ich mußte so schon Krokodilstränen vergießen.«
»Danke, Nick«, sagte ich und meinte es aufrichtig. Patros vier Minuten abhandeln, das wollte schon was heißen. »Was steht denn hinter uns auf dem Programm?«
»Spanische Flamencomusik. Fünfundzwanzig Minuten.«
»Konserve oder Live?«
»Konserve. Und dazu noch eine Reprise.«
Da hatten wir wirklich ein ganz unerhörtes Glück. Wäre es etwas über Politik gewesen oder Sport, Patros hätte uns ohne Wimperzucken abblitzen lassen. Aber bei einer Musiksendung verhielt sich das anders. Patros war völlig unmusikalisch. Sollten wir die vier Minuten überziehen, würde er sich sicher dreinschicken. Hinterher ging er dann natürlich an die Decke. Aber er würde die Sendung nicht abbrechen.

»Schön«, sagte ich. »Wir machen weiter und riskieren es. Als nächster ist Didymus an der Reihe. Zum Abschluß dann Cleopas. Okay?«
»Cleopas nach Didymus – dafür werden wir Rede und Antwort stehen müssen, Cass.«
»Weiß ich. Aber die Antwort haben wir ja – diesen Cleopas. Vorausgesetzt, er entspricht auch nur in etwa dem Bild, das du dir von ihm gemacht hast. Augenzeuge und angesehener Bürger. Genau das, was wir brauchen.«
»Na, ich weiß nicht recht«, meinte er zweifelnd.
Vor der Sendung, während der Kameraproben, hatten wir den endgültigen Ablauf in allen Einzelheiten durchgesprochen. Wie gewöhnlich glich unsere Arbeitsstätte einem teildemolierten Irrenhaus, wo ein Pulk hochintelligenter Spezialisten an akutem Verfolgungs- und Größenwahn litt. Männer mit übergestülpten Kopfhörern brüllten unsichtbaren Gehilfen zu. Beleuchter – eine Gattung von notorischem Phlegma – zankten sich stur mit Kamerateams und illustrierten ihre Worte mit ausdrucksvoller Gestik, in dieser Fertigkeit höchstens noch von Jagdfliegern übertroffen. Assistenten bahnten sich einen Weg über verworrene Haufen von Hochspannungskabeln. Und im Herzen dieses chaotischen Sammelsuriums, genau im Zentrum des Studios unter vollem Scheinwerferlicht, polkten zwei weißbekittelte Ingenieure nervös in den freigelegten Eingeweiden der Kamera Eins herum, wobei sie, wie Kapper bissig bemerkte, aussahen wie Automechaniker, die sich als Ärzte verkleidet hatten.
Oben in der Regiekanzel ging es ruhiger, aber nicht weniger grotesk zu. Über der Kontrolltafel flackerte im Schummerlicht eine Vielzahl von Monitoren, die in fieberhaftem Wechsel eine Reihe unzusammenhängender Bilder boten – wie eine Schar roboterhafter Hau-

sierer, die verzweifelt Muster nach Muster aus ihrem Koffer kramen, in der vagen Hoffnung, doch noch einen Handel abzuschließen. Mädchen mit Stoppuhren murmelten unaufhörlich Zeiten vor sich hin, während sie Listen überprüften, die den genauen Zeitplan für die einzublendenden Filmstreifen enthielten. In unregelmäßigen und verstörenden Abständen schaltete jemand die Lautsprecher ein, und aus dem Studio fauchte ein Getöse zu uns herein, als sei ein Tiger aus seinem Käfig ausgebrochen.

Aber daran waren Kapper und ich gewöhnt. Es verwirrte uns längst nicht mehr. Ja, wir hielten es für völlig normal und empfanden es sogar als stimulierend. Die Kladde in der Hand, ließen wir uns gemütlich nieder, steckten uns eine Zigarette ins Gesicht und machten uns an die Arbeit.

»Pilate nehmen wir wohl am besten als ersten«, meinte Kapper. »Hübsch mit den Beinen auf der Erde bleiben, die Phantasie schlägt später ohnehin genug Kapriolen. Dann dieser Kommißstiefel – wie heißt er doch noch . . .?«

»Major Sanballet«, half ihm Miriam, seine Sekretärin.

»Richtig. Der. Danach – Augenblick mal – Nicodemus?« Er hob die Augenbrauen und blickte mich an.

»Unbedingt«, stimmte ich gelassen zu.

Er nickte. »Dann Zaccheus – als Eröffnungsplädoyer für deine Seite, sozusagen. Und hinter ihm, wem der auch immer zuzuschlagen sein mag, Freund Didymus.«

»Der, nach außen hin jedenfalls, auf deiner Seite steht«, fügte ich hinzu.

»Auf der Seite des gesunden Menschenverstandes«, korrigierte er sacht. Er überflog seine Liste. »Bleiben noch die Magdala und Caiaphas. Am besten wohl in der genannten Reihenfolge.«

Ich schüttelte den Kopf. »Zuerst Caiaphas. Das Schlußwort möchte ich der Magdala überlassen.«
»Ausgeschlossen, Cass, tut mir leid. Wenn ich ihn auch nicht ausstehen kann, Caiaphas ist nun mal der Hohe Priester.«
»Was hat das damit zu tun.«
Er seufzte voll Langmut. »Unsere persönliche Einstellung zu dem Mann steht hier nicht zur Debatte, und der Etikette zufolge haben wir nun einmal sein Amt zu respektieren. Wenn wir Pilate mit einem Plädoyer für den Staat beginnen lassen, ist es nicht mehr als recht und billig, Caiaphas das Schlußwort für die Kirche zu erteilen.«
»Himmel, Nick«, rief ich. »Willst du jetzt etwa Protokollfragen mit mir durchkauen? Mir liegt daran, die Story so wirkungsvoll wie möglich an den Mann zu bringen, und ...«
»Und mir liegt daran, daß du dich nicht völlig zum Narren machst.«
Einen Augenblick plärrte der Lärm aus dem Studio über unsere Köpfe hinweg, und wir saßen und stierten einander an. Die frische Energie, zu der mir ein paar Stunden Schlaf verholfen hatten, war weitgehend verpulvert. Müdigkeit kroch zurück in meine Glieder, wie eine ansteigende Fieberkurve, die von einigen Aspirin nur vorübergehend herabgedrückt worden war. Einzig die Tatsache, daß Miriam anwesend war, hielt mich von einem Wutausbruch ab.
Ich sagte steif: »Das mag dein Standpunkt sein. Meiner ist es jedenfalls nicht.«
»Hör zu, Cass«, erwiderte er, und ich hörte, wie unter der glatten Oberfläche der Zorn knisterte. »Es ist nicht nur eine Frage des Protokolls. Es ist auch eine Frage des maximalen Erfolges. Wenn du Caiaphas gleich nach Didymus ansetzt, kannst du dir die Magdala

ganz schenken, denn die Wirkung wird gleich Null sein.« Er wartete auf meine Antwort, aber ich schüttelte nur den Kopf. »Du hast es doch selbst gesagt. Sie hat einen schlechten Ruf. Du mußt sie auf der Bildfläche erscheinen lassen, bevor Caiaphas über sie herziehen kann. Darin liegt deine einzige Hoffnung.«
»Du beliebst zu scherzen«, sagte ich. »Als ob du nicht verdammt gut wüßtest, daß er, in der Schlüsselposition als letzter, sie in Grund und Boden walzt.«
»Tut mir leid. Aber um dieses Risiko kommst du nun mal nicht herum.«
Wir stritten uns noch eine Weile, aber schließlich, unter Protest und gegen meine bessere Einsicht, hatte ich nachgegeben.
Ich sagte jetzt: »So hat's doch endlich Hand und Fuß, Nick. Was die Magdala vorzubringen hat, wird die Aussagen von Zaccheus untermauern. Dann lassen wir Caiaphas aufkreuzen, der mit seiner glatten Zunge alles fast wieder ins rechte Lot rückt. Anschließend Didymus, wie eine Art Grabgeläute, so daß das Volk wieder gehörig hochgerüttelt wird. Und am Schluß Cleopas, respektabel wie ein zusammengerollter Regenschirm, der wird ihnen den Kopf wieder zurechtsetzen und für uns Nägel mit Köpfen machen.«
Ich kniff die Augen zusammen und spähte durch die Lichtschächte zum schwachblauen Schimmer, der von der schalldichten Glasscheibe der Regiekanzel herüberdrang. Ich glaubte, ihn vor mir zu sehen, wie er dort hockte, am anderen Ende des Telefondrahts, und sein Blick mich beschwor, mich nicht länger bockbeinig zu stellen.
»Ich finde, daß du ein unnötig großes Risiko eingehst«, sagte er scharf. »Dieser Cleopas ist ein netter und anständiger kleiner Kerl. Aber eine völlig unbekannte Größe. Wenn er nicht das nötige Format hat oder

Patros eine Stinkwut kriegt und die Sendung abwürgt, dann sitzt du in der Tinte. Hoffentlich machst du dir das klar.«

»Ja, Nick«, sagte ich. »Das mach ich mir klar.«

Ich hörte, wie er aufseufzte. »Also meinetwegen.«

»Danke.«

»Keine Ursache.« Es kostete ihn augenscheinlich Mühe, höflich zu bleiben. »Du darfst von mir bloß nicht erwarten, daß ich mich vor Begeisterung überschlage. Ich kenne dich schon zu lange, als daß mir die Aussicht auf deinen beruflichen Selbstmord Vergnügen bereiten könnte.«

»Ich glaube nicht, daß sich die Geschichte derart dramatisch zuspitzen wird«, erwiderte ich. Aber er hatte schon aufgelegt.

Der Aufnahmeleiter signalisierte mir, daß das Caiaphas-Interview sich seinem Ende näherte. Ich lehnte mich auf meinem Stuhl vor, stützte meine Arme bequem auf den Tisch und beobachtete das Gesicht des Hohen Priesters auf dem Monitor. Mit Vergnügen bemerkte ich, daß der Ausdruck gereizten Unwillens, den er in den Schlußsekunden zeigte, auch als Zeichen von Bestürzung ausgelegt werden konnte. Genau darauf hatte ich gehofft.

Auf einen Wink hob ich meine Augen der Kamera Eins entgegen.

»Ein Wunder? Liegt hierin vielleicht die Lösung des ganzen Rätsels? Seine Gnaden, der Hohe Priester, haben uns eine gewissenhafte und darüber hinaus äußerst glaubhafte Würdigung der Ereignisse gegeben, die dem Vorfall von gestern morgen vorausgegangen sind. Den Erwartungen, die wir einem Manne seiner Erfahrung und seines Wissens entgegenbrachten, ist also voll entsprochen worden. Seien wir dankbar, daß sich die vielschichtigen und zeitweilig widersprüchlichen Affären, in die sich die Kirche in diesem so unruhvollen Teil des Imperiums verwickelt sieht, bei einem Würdenträger vom Range eines Lord Caiaphas so fest im Griff befinden.« Es ist einer der ältesten Tricks, die dieses Gewerbe kennt, aber die Wirkung ist immer noch verblüffend. Ganz wie man's auf Jahrmärkten mit Konservenbüchsen macht, die man zu hohen Pyramiden schichtet. Aufbauen, um sie wieder zusammenkrachen zu lassen. Je gelungener die Konstruktion, desto vergnüglicher der Kladderadatsch. »Offenbar hat aber ein Wunder bislang bei ihm keine Berücksichtigung gefunden. Kann es sein, daß sein Verantwortungsgefühl für das geistig-seelische Wohlergehen des Volkes, die Notwendigkeit, sich tagtäglich aufs neue mit praktischen Aufgaben zu befassen – der Erhaltung des Friedens und der Sicherheit der Nation –, kann es sein, daß derartige unmittelbar anstehende Probleme, auf die sich gerade während eines religiösen Festes alle Gedanken konzentrieren, ihm den Blick verdunkelt haben für ein mögliches Wunder?

Für die einfachen Menschen dieses Landes sind Jesus Davidson und das Wirken von Wundern ein und dasselbe. Selbstverständlich besteht ein Unterschied zwischen der Heilung eines Aussätzigen und dem Vollzug der Wiederauferstehung. Aber es ist nur ein gradueller Unterschied. Auch hatte Davidson selbst bei verschiedenen Anlässen von seiner Wiederauferstehung gesprochen.

Wir hatten das Glück, jemanden interviewen zu können, der ihm während der Zeit seines öffentlichen Wirkens sehr nahe stand; ein Mann, der mit eigenen Ohren gehört hat, wie Davidson mit aller Entschiedenheit davon sprach, daß er zurückkehren werde von den Toten. Sein Name ist Thomas Didymus . . .«

Didymus erschien auf dem Monitor, kläglich und zusammengekrümmt, das schüttere Haar in die Stirn hängend. Durch den Lautsprecher tönte seine dünne Stimme, sein niederschmetterndes Bekenntnis: »Ich habe nichts zu verbergen. Jesus Davidson ist tot, und damit ist der Fall erledigt.«

Neben mir läutete kurz das Telefon. Ich nahm den Hörer ab.

»Beflügelnd, findest du nicht?« meldete sich Kapper. »Hoffentlich weißt du wirklich, was du tust, Cass. Jedes Wort aus seinem Munde ist ein Nagel zu deinem Sarg.«

»Das laß meine Sorge sein. Was hast du inzwischen mit Cleopas angestellt?«

»Der steckt hier bei mir.«

»Prächtig. Schick ihn mir gleich runter. Nach Didymus mache ich eine kurze Überleitung, dann nehme ich ihn mir live vor.«

»Komme, was kommen mag«, sagte Kapper. »Und wenn's Patros ist, der dir aufs Dach steigt.« Offenbar hatte er die Pille jetzt geschluckt, wußte, daß es kein Zurück mehr gab, und begann auf seine behutsame Art an der Sache Spaß zu gewinnen. Ich legte den Hörer auf, erhob mich und ging zur Studiotür. Kappers Sekretärin trat mit Cleopas ein, stellte uns einander vor und ließ uns allein.

Ich führte ihn durchs Studio und plazierte ihn so auf einem Stuhl linkerhand von meinem Tisch, daß wir einander im richtigen Winkel konfrontiert waren. Mich auf meinem Stuhl niederlassend, unterzog ich ihn einer eingehenden Musterung.

Zu meiner Erleichterung bildete er zu Thomas Didymus einen völligen Gegensatz; ein schmaler kleiner Mann in dunkelgrauem Straßenanzug, weißem Hemd und einfarbig blauer Krawatte. In der Brusttasche seines Jacketts stak ein weißes Taschentuch, die Schuhe waren auf Hochglanz poliert, an den Kappen stärker gerundet, als es zur Zeit der Mode entsprach. Nach seinem Aussehen war er Ende dreißig, das Haar, an den Schläfen schon dünn, war straff aus seinem eher kleinen Gesicht zurückgekämmt. Insgesamt machte er den Eindruck eines Rechnungsführers; etwa Juniorchef in einer leicht altmodischen, aber durch und durch anständigen Firma. Ich lächelte ihm anerkennend zu. Hier hatten die Zuschauer endlich jemanden, dem sie vertrauen konnten, ordentlich, respektabel, umgänglich.

Wie fast jeder, der zum erstenmal unter den grellen Scheinwerfern eines Fernsehstudios sitzt, war er ein bißchen befangen. Er hockte auf der Vorderkante seines Stuhls und warf immer wieder Seitenblicke auf die Kameras. Um ihn aus seiner Verkrampfung zu lösen, hätte ich gern ein paar Minuten mit ihm geplaudert, aber das Interview mit Didymus war halb vorbei, es blieb keine Zeit. Ich konnte nur hoffen, daß Kapper ihn richtig eingeschätzt hatte und er, einmal in Schwung, alle Nervosität abstreifen würde.

Eine der Maskenbildnerinnen brachte Handtuch und Kosmetikkasten und begann, ihm die Stirn zu pudern. Er blickte mich verlegen an.

»Das muß sein, Mr. Cleopas«, besänftigte ich ihn lächelnd. »Sonst glänzt Ihr Gesicht zu sehr. Das wird bei allen so gemacht.«

»Was soll ich jetzt tun?« fragte er.

»Nur ruhig Blut. Kümmern Sie sich nicht weiter um die Kameras oder das technische Personal. Stellen Sie sich vor, daß wir irgendwo draußen, wo es ruhig ist, an einem Tisch sitzen, uns einen Drink genehmigen und über den vergangenen Tag schwätzen. Okay?«

Er nickte und lächelte angestrengt, als die Maskenbildnerin mit seinem Gesicht fertig war. Er blickte ihr nach, wie sie im Dunkel hinter den Kameras verschwand, und in seinen Zügen zeigte sich die Beklommenheit des kleinen Jungen, den seine Mutter zum erstenmal beim Zahnarzt allein gelassen hat. Ich schaute zum Monitor.

»Der Produzent hat mir erzählt, daß Sie Jesus Davidson tatsächlich gestern wiedergesehen haben. Stimmt das?«

Sein Gesicht belebte sich plötzlich. »Ja, das stimmt. Mein Schwager und ich – wir waren gerade im Bus, wissen Sie. Gestern nachmittag – na eigentlich war's schon am frühen Abend. Und da steigt doch auf einmal dieser Mann ein, gerade draußen vor dem ...«

Ich fühlte, wie die Erleichterung über mich hinwegspülte. »Gut«, sagte ich. »Aber nicht jetzt. Warten Sie, bis wir auf Sendung sind.«

Es fiel mir nicht leicht, diesen schweren Kurs zu steuern. Aber ich hatte diesen sanften, unauffälligen Mann sofort ins Herz geschlossen, und für mich hing soviel davon ab, daß er seine Geschichte frisch von der Leber weg erzählte, ohne jede Absprache. Wir hatten bei Patros schon soviel aufs Spiel gesetzt, daß es auf ein weiteres Risiko auch nicht mehr ankam.

»Wie weiß ich's denn«, fragte er, »wann ich anfangen soll, meine ich?«

»Überlassen Sie das nur mir.«

Der Aufnahmeleiter rief laut: »Noch dreißig Sekunden.«

»Ruhig Blut, nur ruhig Blut«, sagte ich zu Cleopas. »Ihnen kann doch gar nichts passieren.« Und fügte leise für mich hinzu: »Anders als einigen von uns.«

»Ich bitte um Ruhe«, rief der Aufnahmeleiter und stieß Sekunden später seinen Zeigefinger gegen mich vor.

Während der vergangenen zwanzig Minuten oder mehr hatte ich hin und her überlegt, wie Simon Cleopas denn nun am besten in der Sendung unterzubringen sei. Für eine gründliche Darstellung war einfach die Zeit zu knapp, aber da ich so wenig von ihm wußte, war es wohl auch besser so. Es gab auch nichts, was ich sagen konnte, um die tragische Wirkung des Didymus-Interviews abzuschwächen und auf gekonnte und unverfängliche Weise überzuleiten zum folgenden Teil, von dem ich mir eine grundverschiedene Sicht des Ganzen versprach. Am Ende hatte ich beschlossen, Didymus kommentarlos abtreten zu lassen und Cleopas als völlig unbekannten Faktor zu präsentieren, nur begleitet von einer bündigen Erklärung,.

Ich blickte in die Kameralinse. »Bis vor einer halben Stunde hing die ganze Angelegenheit genau so in der Luft, wie Sie, meine Zuschauer, es bis zu diesem Punkt erlebt haben. Aber seit Beginn der Sendung ist eine neue Wendung eingetreten. Zusätzliches Beweismaterial liegt uns jetzt vor.« Genaugenommen hätte ich von zusätzlichen Informationen sprechen müssen. Aber ich wählte absichtlich das Wort Beweismaterial, weil es den Gedanken an Gerichtshof und Prozeß anklingen ließ. Die Zuschauer sollten von der Dramatik der Situation gepackt werden, sie sollten, genau wie ich, persönlich Anteil nehmen. »Und hier haben wir Mr. Simon Cleopas, der aus dem Dorf Emmaus stammt, etwa sieben Meilen von Jerusalem entfernt. Er wird uns jetzt berichten.«

13

Auf dem Monitor erschien sein Gesicht: ein Dutzendgesicht, klein, leicht verkniffen. Ich erschrak. Wie hatte ich mich dazu verstehen können, einer so absoluten Null die Schlüsselposition einzuräumen? Einem Menschen, von dem ich nichts wußte, als daß er Davidson lebendig wiedergesehen haben wollte. Um dem Glotzauge der Kamera zu entgehen, drehte er unruhig den Kopf. Sicher, er war verschüchtert, die Nerven spielten ihm mit. Aber für die Zuschauer mußte es aussehen, als habe er das Licht zu scheuen. Der Kontrast zu der strahlenden Erscheinung, die die Magdala geboten hatte, zu Caiaphas' unwankbarer Autorität – es war einfach katastrophal. Falls es mir nicht umgehend gelang, ihm Selbstvertrauen einzuflößen, war die ganze Sendung ein Schlag ins Wasser.
Fragen nach Herkunft und Werdegang mußten seine Beklommenheit noch weiter steigern. So blieb mir nur die Flucht nach vorn. Ich mußte ihm einen Stoß geben und hoffen, daß er, einmal im Sattel, auch würde reiten können. Ich wandte mich ihm zu: »Mr. Cleopas, ist es wahr, daß Sie Jesus Davidson im Verlauf der letzten vierundzwanzig Stunden lebendig und gesund wiedergesehen haben?«
Sofort fiel alle Furcht von mir ab. Es war ein Glücks-

spiel gewesen, aber der Einsatz hatte sich gelohnt. Ich hatte völlig im Dunkeln getappt, und jetzt hielt ich auf einmal den Haupttreffer in der Hand.

Sein Gesicht entspannte sich, ohne Scheu blickte er in die Kamera, seine Stimme war ruhig und klar. »Ja«, sagte er. »Es ist wahr.«

»Wann haben Sie ihn gesehen?«

»Gestern nachmittag. Und dann noch einmal gestern abend.«

Ich wartete, ließ seine Worte nachklingen, sagte schließlich: »Möchten Sie uns davon berichten?«

»Ja, natürlich.« Eifrig und völlig gelöst lehnte er sich vor. »Wir saßen im Vier-Uhr-Bus nach Emmaus, mein Schwager und ich. Zum Fest waren wir in die Stadt gefahren, wissen Sie. Eigentlich wollten wir schon gestern früh nach Hause zurück, aber dann blieben wir noch, um weitere Neuigkeiten abzuwarten.«

Er war genau, wie Kapper ihn mir beschrieben hatte, aufgeregt, grundehrlich, und er brannte darauf, sich mitzuteilen. Im Gegensatz zu Thomas Didymus mit seiner düsteren Qual war Cleopas jemand, mit dem die Zuschauer sich identifizieren konnten – ein zurückhaltender und besonnener Mensch, der trotz seines geheimnisvollen Erlebnisses mit beiden Beinen fest auf der Erde blieb. Wenn man ihn so sah, schien es kaum verwunderlich, daß er im Bus mit Gott zusammengetroffen war. Im Gegenteil.

»Neuigkeiten über die Wiederauferstehung?« fragte ich ihn.

Er nickte. »Ja. Das Gerücht war uns natürlich zu Ohren gekommen. Na, und das hatte uns ziemlich aus der Fassung gebracht. Ich war dafür, bis Montag in der Stadt zu bleiben, aber weil meine Schwester sich immer so sorgt, wollte mein Schwager lieber heimfahren und erst heute morgen wieder zurück nach Jerusalem kommen.«

Das war genau die Sprache, die das Fernsehpublikum verstand, die Sprache des Mannes von der Straße. Zwei x-beliebige, aber ehrenwerte Bürger und ihre Alltagsprobleme: Buszeiten, bekümmerte Ehefrau. Nichts konnte normaler wirken und, wie ich hoffte, überzeugender.

»Der Bus war fast leer«, fuhr er fort. »Wir setzten uns nach hinten auf den Rücksitz und sprachen zum hundertneunundneunzigsten Mal über das, was passiert war. Wollten uns doch endlich einen Reim drauf machen. Aber damit kamen wir nicht weit.« Er lächelte mich entschuldigend an. »Und dann, so etwa eine Meile vor der Stadt, stieg dieser Mann ein und setzte sich zu uns.«

»Davidson?«

»Das ist ja eben das Merkwürdige. Wir erkannten ihn nämlich nicht. Und dabei hatten wir doch fast zwei Jahre zu seinen Anhängern gehört. Keine von Bedeutung, beileibe nicht. Wir haben keinen solchen Rang wie Peter Johnson oder Matthew Levison. Aber wir glaubten an ihn. Wie oft haben wir ihn sprechen hören – das ließen wir uns doch nie entgehen, wenn er irgendwo in der Nähe von Jerusalem war. Und ein paarmal haben wir beide persönlich mit ihm gesprochen. Aber als er gestern in den Bus stieg, war er uns völlig fremd.« Er schüttelte unwillig den Kopf, als verwirre ihn seine eigene Begriffsstutzigkeit. »Und dann war da noch was Sonderbares. Er schien überhaupt nicht zu wissen, was übers Wochenende in der Stadt passiert war. Er unterhielt sich mit uns, aber das von der Hinrichtung mußten wir ihm erst erzählen. Genauso das Gerücht von der Wiederauferstehung. Nach seinen Fragen zu urteilen, hatte er davon noch nichts gehört.«

»Und was sagte er, als er's von Ihnen erfuhr?«

»Meine Güte, Mr. Tennel, was hat er eigentlich nicht gesagt? Das ging los bei Moses, und weiter über die Propheten – Jesaja und Amos samt allen klassischen Zitaten – bis hin zur Gegenwart. Er schüttelte es nur so aus dem Handgelenk. Einfach unglaublich. Wir begafften ihn wie ein paar dumme Jungens. Dabei war das für uns gar nicht mal was Neues. Jedem Juden wird's ja vom ersten Schultag an eingebleut – die Geschichte vom Messias. Aber bei ihm ...«
»Augenblick«, unterbrach ich ihn. »Wenn Sie Messias sagen, meinen Sie dann Gott?«
»Ich denke schon, ja. Manche unserer Priester – die Schriftgelehrten, wissen Sie – die würden darüber wohl streiten. Meistens sprechen sie vom Sohn Gottes. Aber ich finde, daß das aufs gleiche rauskommt. Na und wie ich Ihnen gesagt habe, sind wir alle mit der Geschichte vom Messias groß geworden. Haben sie immer und immer wieder gehört. Aber nicht so, wie dieser Mann sie erzählte. All die Sätze und Wörter aus den Prophezeiungen – die schwierigen Sprüche, über die sich die Priester ihr Leben lang die Köpfe heiß reden – bei ihm paßte das auf einmal alles zusammen wie bei einem – na, wie soll ich sagen? – Puzzlespiel, wenn man nur endlich den richtigen Dreh raushat. Auf einmal war alles ganz klar und irgendwie – nun, logisch. Vor allem die Wiederauferstehung.«
Ich blickte ihn dankbar an. Dennoch beschlich mich ein ungutes Gefühl. Gerade an diesem Punkt war ja Nicodemus gescheitert, auf sich zurückgeworfen durch das kalte Faktum des Todes. Sollte ein unbedeutender Mensch wie Simon Cleopas die Mauer durchbrechen können, die einem Gelehrten des Sanhedrins zum Verhängnis geworden war? Ich wagte kaum zu hoffen. Aber vielleicht ... vielleicht hatte er die Antwort gefunden, vielleicht war sie ihm zuteil geworden.

Ich sagte langsam: »Ich möchte diesen Punkt eindeutig klären, Mr. Cleopas. Wollen Sie sagen, daß die Wiederauferstehung unlösbar mit der Geschichte vom Messias verknüpft ist?«

»Sie ist das entscheidende Bindeglied. Durch sie erhält alles übrige erst seinen Sinn.« Mit seinen Händen zeichnete er einen Kreis in die Luft. »Der Messias kommt, aber niemand erkennt ihn. Niemand will ihn haben. Er ist ganz anders, als wir ihn uns vorgestellt haben. Statt ihn zum König zu krönen, richten wir ihn hin. Wir wissen gar nicht, daß er es ist, also schaffen wir ihn uns vom Halse. Oder versuchen's jedenfalls. Aber der Messias ist stärker als der Tod. Und am dritten Tage kehrt er zurück, um sein Reich zu errichten.«

»Der Messias ist stärker als der Tod.« – Auch Nicodemus war davon überzeugt gewesen. Aber für ihn hatte diese Feststellung den schlüssigen Beweis enthalten, daß Davidson weder der Messias war noch überhaupt sein konnte. »Der Messias kann nicht sterben« – so hatte er sich ausgedrückt. Und tatsächlich, wenn in der Geschichte vom Messias von Tod nicht die Rede war, wie konnte es dann eine Wiederauferstehung geben?

Ich fragte: »Wenn der Messias stärker ist als der Tod, wenn er Sieger ist über ihn, wie kann er dann sterben?«

Ich erinnerte mich an Nicodemus' nervöse Unruhe, an die flackernde Furcht in den kalten Augen des Hohen Priesters. War dies die Frage, vor deren Beantwortung sie zurückschraken? Die entscheidende, unaufschiebbare Frage, die ihren theologischen Sophistereien hohnlachte?

»Genau das war es, was er uns dort, im Bus, klarmachte«, fuhr er fort. »Wenn der Messias die Menschen erlösen will, muß er das Erlebnis des Todes auf sich nehmen. Er muß sterben, wie wir alle sterben. Nur

wenn er teilhat an unserem Tod, können wir teilhaben an seinem Reich.«
»Aber sicherlich hätte er doch nicht zu sterben brauchen«, erwiderte ich, meinem Zweifel Ausdruck gebend. »Wenn er der Messias war, dann hatte er doch auch die Macht, dem Tod am Ende zu entgehen.«
Er schüttelte den Kopf. »Nein. Das war es ja, was seine Feinde im Sanhedrin gegen ihn vorbrachten. ›Wenn du der Messias bist, dann rette dich selbst.‹«
»Das scheint mir nicht ganz aus der Luft gegriffen.«
»Ach, natürlich hätte er sich retten können. Daran liegt's doch nicht. Aber wäre uns damit geholfen? Hätte er am vorigen Freitag seinen Kopf in letzter Minute aus der Schlinge gezogen, was würde uns das bedeuten, wenn uns die Stunde schlägt? Man kann den Tod nicht besiegen, indem man ihm aus dem Wege geht. Man kann ihn nur besiegen, indem man ihn auf sich nimmt und sich durchringt zum anderen Leben. Das hat er getan, und deswegen brauchen wir den Tod nicht mehr zu fürchten.«
Er sprach die Worte mit schlichter Würde, völlig entspannt und von der Kamera so wenig beeindruckt wie ein Nachrichtensprecher. Ich hatte das merkwürdige Gefühl, daß unsere Rollen vertauscht waren; daß im Grunde er es war, der mich interviewte. Ich warf einen raschen Blick auf die Uhr und sagte: »Und während er Ihnen all das erklärte, erkannten Sie ihn nicht einmal?«
Er nickte. »Nicht, bis wir in Emmaus anlangten. Er sagte, daß er weiterwolle, nach Nazareth, aber mein Schwager überredete ihn, mit uns nach Hause zu kommen. ›Einen Braten können wir Ihnen nicht gerade auftischen‹, sagte er. ›Aber was die Küche hergibt, wollen wir gern mit Ihnen teilen.‹ So kam er also mit uns mit. Und da geschah es dann.«

»Was geschah dann, Mr. Cleopas? Das möchte ich ganz genau wissen.«
»Wir erkannten ihn. Beim Abendmahl. Wir saßen um den Tisch und wollten mit dem Essen anfangen. Mein Bruder forderte ihn, als Gast, auf, das Tischgebet zu sprechen. Das ist so Sitte bei uns, wissen Sie. Er nahm das Brot und sagte Dank und brach es. Und in dem Augenblick sahen wir ihn an und wußten, daß er es war.«
»Jesus Davidson?«
»Ja, natürlich. Jesus, der Messias. Er war tot. Jetzt aber lebt er wieder. Er ist der Gesegnete.«
Es gab keinen Zweifel, daß er aus voller Überzeugung sprach. Seine Stimme hob sich ein wenig, wie als Antwort der Gemeinde auf den priesterlichen Singsang, mit dem Nicodemus die Propheten zitiert hatte. Seine Augen glänzten, und sein Gesicht trug einen Ausdruck heiterer Feierlichkeit.
»Sie glauben wirklich, daß er es war?«
»Unbedingt.«
»Kann es sich nicht um eine optische Täuschung gehandelt haben. Es war doch abends, sicher war das Licht nicht gut. Oder Sie haben sich durch eine zufällige Stimmähnlichkeit narren lassen. Oder eine Art Wunschdenken, dem Sie in Ihrer psychischen Erschöpfung erlegen sind.« In rascher Folge schleuderte ich ihm meine Vermutungen entgegen. Aber ich hätte ebensogut versuchen können, einen Fluß mit Streichhölzern einzudämmen. Er fegte sie mit einer Handbewegung beiseite.
»Nennen Sie es, wie Sie es wollen«, sagte er. »Das kann mich alles nicht irre machen. Ich weiß, daß er es war. Wir saßen doch direkt neben ihm, so nah wie Sie und ich jetzt, und wir sahen, wie er das Brot brach. Es war Jesus. Da ist nicht dran zu deuteln. Es war Jesus.«

Ich nickte. »Und was geschah dann?«
»Er verschwand.« Seine Stimme klang rauh, fast heiser. »Verschwand. War eben noch hier, das Brot in der Hand. Und schon war er fort.« Er lachte erregt. »Na, wir waren wie vom Donner gerührt. Schließlich stürzten wir aus dem Haus, mieteten uns ein Taxi und rasten los nach Jerusalem.« Unwillkürlich blies er die Backen auf, sein Gesicht glänzte. »War das eine Fahrt. Wir schafften das Tor gerade noch vor der Sperrzeit, langten vor dem Haus an, bezahlten den Fahrer und sprangen die Treppen hoch, um's den andern zu erzählen.«
»Und was sagten die?«
»Na, das schlug ein wie eine Bombe, das kann ich Ihnen sagen. Sie waren alle da, gerade beim Abendbrot. Wir platzten rein wie ein Unwetter und sagten's Ihnen.« Er streckte die Hände zur Seite und riß die Augen auf, um die allgemeine Bestürzung zu demonstrieren. »Die Gesichter hätten Sie sehen sollen. Einmalig.«
»Man glaubte Ihnen also?«
»Na, mehr oder minder. Einige ja. Andere nicht so ganz. Aber das machte überhaupt nichts. Als wir nämlich noch mitten beim Erzählen waren, kam er herein.«
»Sie meinen, Davidson selbst?«
»Ja. Die Tür war abgeschlossen, und doch kam er ins Zimmer. Die Mauer war für ihn kein Hindernis.«
»Wie bei einem Geist, meinen Sie?«
»Geist? Oh nein. Das glaubten zuerst alle. Ich hab noch nie so viele entsetzte Gesichter beieinander gesehen. Ein paar Frauen schrien.«
»Sehr begreiflich.«
»Ja, natürlich. Und das wußte auch er. Er streckte seine Hände aus und bat uns, ihn zu berühren. ›Geister haben kein Fleisch, keine Knochen, kein Blut‹, sagte

er. ›Faßt mich an. Überzeugt euch, daß ich es wirklich bin‹.«
»Und? Waren sie davon überzeugt?«
»Na, so fast. Bloß, daß uns das noch immer nicht so recht in den Kopf wollte. Ich meine, es war einfach zu schön, um wahr zu sein. Aber er sah schon, womit wir zu kämpfen hatten. Er blickte zum Tisch, wo noch die Reste der Mahlzeit lagen. Und er sagte: ›Gebt mir etwas von dem Fisch dort.‹ Irgend jemand gab ihm einen Teller und eine Gabel, und er stand einfach so da und aß den Fisch, ganz langsam, so als ob er wirklich Spaß dran hätte.«
»Ich verstehe.« Es kostete mich Mühe, die Wörter ruhig und gelassen auszusprechen. Seine Erregung hatte auf mich übergegriffen. Ich sagte mir, daß selbst Patros diese Szene nicht einfach von sich abschütteln konnte.
»Von einem Geist kann also nicht die Rede sein«, sagte er voller Verachtung. »Ein Geist würde sich wohl kaum an einem Fisch gütlich tun.«
»Zugegeben. Andererseits gehen Menschen normalerweise nicht durch Mauern aus und ein, finden Sie nicht?«
Aber er war darauf gefaßt, wie er auf alle meine Fragen gefaßt gewesen war. Seiner einfachen und niederschmetternden Logik hielt keine Frage stand.
»Menschen nicht. Nicht Sie und nicht ich. Er aber ist Gott, Mr. Tennel. Befreit von Zeit und Raum. Wirklich frei. Drüben, jenseits des Todes, König in seinem Reich der Herrlichkeit. Wie kann er unseren Menschengesetzen unterworfen sein?«
»Das stimmt allerdings.«
»Es ist doch so leicht zu begreifen. Er wäre ja nicht Gott, wenn er uns gliche, nicht wahr?«
»Wahrscheinlich.«

»Ich habe ihn gesehen. Wie er sprach, wie er aß. Ich weiß, daß er es ist, Mr. Tennel, ich weiß es. Und ich weiß auch, daß von nun an er immer dabeisein wird, wenn Menschen sich zum Mahl niederlassen.«
Ich musterte ihn voller Hochachtung. Er hatte mehr erreicht, als ich zu hoffen gewagt hatte. Ich hatte ihm die Schlüsselposition eingeräumt, und er war dieser Aufgabe mehr als gewachsen. Jetzt kam es darauf an, das Interview mit ihm kurz und bündig abzuschließen und die Sendung ausklingen zu lassen, solange der Eindruck, den er auf die Zuschauer gemacht hatte, noch frisch und unverbraucht war. Wenn ich mich jetzt bei ihm bedankte und alles weitere auf sich beruhen ließ, dann war das wohl die bequemste Lösung. Aber ich hatte bei ihm soviel gewagt, und der Einsatz hatte sich so sehr gelohnt, daß es mich reizte, mein Glück noch einmal zu versuchen.
Ich sagte: »Mr. Cleopas, die Behörden nehmen die Lage sehr ernst. Sie haben die Patrouillen in der Stadt gesehen. Sie wissen von der Ausgangssperre. Haben Sie keine Angst, daß Ihnen etwas passieren könnte, nachdem Sie uns heute abend diesen Bericht gegeben haben?«
Ruhig und besonnen blickte er zur Kamera. »Ja, doch, ein bißchen Angst habe ich schon, glaube ich. Sehr waghalsig bin ich eigentlich nie gewesen, zog lieber den Kopf zwischen die Schultern. Na, Sie wissen schon. Aber jetzt, also auf einmal ist das völlig egal. Sehen Sie, was kann mir schon passieren. Daß sie mich umbringen. Aber der Tod zählt ja nicht mehr. Das hat er uns klargemacht. Der Tod ist nicht das Ende, sondern erst der Anfang.
Das Leben, das wir bis gestern morgen geführt haben, das war eigentlich nur ein halbes Leben. Menschen wie Sie und ich – nur halb lebendig, wir alle. Aber jetzt –

jetzt ist das anders. Er lebt wieder. Und weil er lebt, leben auch wir. Leben wirklich, zum allerersten Mal. Wissen Sie was, Mr. Tennel«, sagte er, und seine Stimme war ruhig, aber stark, wie eine Hand, die sich mir vertrauensvoll entgegenstreckte. »Es ist, als ob man neu geboren wäre. Ja, das ist es, neugeboren.«

14

Ich forderte ihn mit einem Nicken auf, ruhig sitzen zu bleiben, und wandte mich der Kamera Eins zu. Jetzt galt es, knapp zusammenzufassen. Nach der Studiouhr hatten wir schon um fast sieben Minuten überzogen.
»Nach und nach«, sagte ich, »vervollständigt sich somit das Bild der überraschenden Ereignisse, die sich gestern in dieser altehrwürdigen Hauptstadt der Juden abgespielt haben. Ist Jesus Davidson zurückgekehrt von den Toten? War er nichts als ein Größenwahnsinniger, ein junger Glaubensfanatiker, der in der Politik sein Glück versuchte, oder ist er tatsächlich Gott?«
Aus dem Augenwinkel sah ich, daß sich die Studiotür kurz öffnete und Kappers Sekretärin eintrat.
»Die amtliche Stellungnahme in der Residenz wie auch im Palast des Hohen Priesters besagt, daß es sich hier ganz einfach um ein unheilvolles Gerücht handelt, in die Welt gesetzt von einer Schar enttäuschter Anhänger, die, in einem letzten verzweifelten Versuch, ihren Führer zu rechtfertigen, dessen Leichnam aus dem Grab verschwinden ließen ...«
Miriam flüsterte jetzt beschwörend auf den Aufnahmeleiter ein. Sie hielt ein Blatt Papier in der Hand und deutete auf mich. Eine Mitteilung von Patros? Aber dergleichen hätte Kapper jetzt sicher zurückgehalten,

um mich die Sendung ungestört zu Ende führen zu lassen.
»... Doch einfache Männer und Frauen in wachsender Zahl geben heute abend hier ihrer Freude Ausdruck, weil sie ihn gesehen und mit ihm gesprochen haben. Und weder Argumente noch Drohungen können sie von der Überzeugung abbringen, daß er wieder am Leben ist...«
Ich sah, wie der Aufnahmeleiter mit den Schultern zuckte und das Papier von ihr entgegennahm. Er kam mit raschen Schritten auf mich zu und blieb seitlich von meinem Tisch, knapp außer Reichweite der Kameras, stehen.
»... Für diese Menschen, denen niedere Beweggründe kaum unterstellt werden können, ist das Gerücht kein Gerücht. Es ist, im präzisesten Sinne des Wortes, die Wahrheit Gottes.«
Der Aufnahmeleiter legte das Blatt flach auf den Tisch und schob es mir entgegen. Ich nahm es und überflog hastig den getippten Text, Wörter, die mir ein, zwei Atemzüge lang vor den Augen verschwammen, plötzlich jedoch scharfumrissene Gestalt annahmen, als mir die Ungeheuerlichkeit ihres Inhalts ins Bewußtsein drang.
Ich blickte zur Kamera hoch. »Soeben wird mir eine Blitzmeldung gereicht. Bitte, hören Sie selbst:
Vor ungefähr einer halben Stunde wurden in einer Bar in der Altstadt zwei jüdische Soldaten verhaftet. Sie sollen wegen Trunkenheit und Ruhestörung vor Gericht gestellt werden.
Ihren Angaben zufolge gehören sie zu jener Wacheinheit, die am Grabe Jesus Davidsons aufgestellt war. Beide hatten beträchtliche Geldsummen bei sich. Hierbei handelt es sich nach ihren Aussagen um Bestechungsgelder, die ihnen der Sekretär des Hohen Priesters

zusteckte. Sie sollten das Gerücht verbreiten, das Grab sei ausgeraubt worden, während sie im Dienst schliefen. Das sei jedoch, behaupten sie, keineswegs der Fall gewesen. Vielmehr ereignete sich gestern früh ein heftiges Erdbeben, das Grab sprang auf, und starr vor Furcht erblickten sie eine von strahlendem Weiß umhüllte Gestalt, die an der aufgesprengten Graböffnung saß. In wortwörtlicher Übereinstimmung stellten sie fest, daß ›das Gesicht der Gestalt dem Strahl eines Blitzes‹ glich.

Im Rahmen einer eingehenden Untersuchung will man nun herausfinden, wie es diesen Männern gelingen konnte, sich aus dem Kasernengelände zu entfernen, wo sie unter strengem Arrest standen.

Als die Militärpolizei sie aus der Bar abführte, sagte einer der beiden Soldaten wörtlich: ›Es ist mir egal, was ihr jetzt mit mir macht. Ich bin sowieso erledigt. Ich habe Gottes Engel Auge in Auge gegenübergestanden und bin dem Tode verfallen.‹«

Ich legte das Blatt Papier neben die Vase, wo die Blumen unter der langen Einwirkung der Scheinwerferhitze zu welken begannen. Dann kehrte ich meinen Blick zum letztenmal dem schwarzen, glasigen Auge der Kamera zu.

»Ein weiteres Mosaiksteinchen in diesem eigentümlichen Bild aus Gerücht und Gegengerücht, aus Wunder und unfaßbarer Wirklichkeit. Für den Soldaten bedeuten die Vorfälle von gestern früh den Tod. Für Miß Magdala, Mr. Cleopas und ihre Freunde bedeuten sie neues Leben. Nur die Zeit kann uns zeigen, wer recht hat.«

Langsam lehnte ich mich auf meinem Stuhl zurück, um Kapper und dem Aufnahmeleiter einen entsprechenden Wink zu geben. Das Bild auf dem Monitor wurde überdeckt von der Blumenvase, die nah gefahren wurde,

bis sie den gesamten Bildschirm füllte; dann kam die Überblendung zu Patros, der in Halbtotale in den römischen Studios zu sehen war.
»Danke, Cass Tennel.« Ich beobachtete ihn aufmerksam, während seine Stimme durch den Lautsprecher knarrte, aber was für Gedanken er auch immer wälzen mochte, er ließ sich nichts anmerken. Mit unbewegtem Pokergesicht hockte er in der Mitte des Bildschirms, ein Musterbild an Unparteilichkeit. »Und damit sind wir am Ende unseres Sonderberichts aus Jerusalem. Guten Abend.«
Das Bild auf dem Monitor erlosch. Die Kameraleute stöpselten die Kopfhörer aus und kletterten von ihren Sitzen. Über uns ging die riesige Schweinwerferbatterie aus, und plötzlich lag das Studio in geruhsamem Dämmerlicht. Ich stand auf und streckte mich und rieb mir die Augen. Zwischen den Schulterblättern spürte ich einen dumpfen bohrenden Schmerz. Ich war hoffnungslos überanstrengt.
»War es so richtig, Mr. Tennel?«
Ich hatte Simon Cleopas vergessen. Ich drehte mich um und brachte ein Lächeln zustande. »Es war goldrichtig, vielen Dank auch. Selbst wenn wir stundenlang geprobt hätten, besser hätte es überhaupt nicht klappen können.«
Er nickte. »Als es losging, wurde mir ja heidenangst, aber schon bei der ersten Frage . . .«
Er brach linkisch ab, als auf dem Tisch das Telefon klingelte. Ich nahm den Hörer.
»Ach, Mr. Tennel.« Es war Nicks Sekretärin. »Mr. Kapper bittet Sie, sofort zu uns herauf zu kommen. Ein Ferngespräch. Sie werden von Mr. Patros aus Rom verlangt.«
»Okay, Miriam. Danke.«
Ich legte den Hörer auf und sagte zu Cleopas: »Mein

Chef in Rom will mich sprechen. Können Sie noch einen Augenblick bleiben? Ich bin gleich wieder zurück, dann können wir irgendwo zusammen eine Tasse Kaffee trinken.«

Ich ging quer durch das Studio zur Tür. Einer der Kameramänner rief mir zu: »Gut gemacht, Mr. Tennel.« Ich winkte und trat auf den Gang hinaus und stieg die kurze Treppe zur Regiekanzel empor. Kapper saß auf dem Bord der Schalttafel, das Telefon in der Hand. Unter dem abgeblendeten Licht wirkte sein Gesicht fahl und müde.

»Hier kommt er schon, Drewy«, sagte er und reichte mir das Telefon.

»Ja? Drewy?«

»Tennel?«

»Ja.«

»Was für eine Überraschung. Daß du nicht noch vor der Kamera hängst, meine ich. Wo du doch gerade so gut in Schwung warst.«

Ich schloß die Augen und schwieg. Er war der Boß. Wenn es ihm behagte, mich langsam und mit Genuß in kleine Stücke zu zerhacken, so war das nicht zu ändern.

»Hast du auch nur den geringsten Dunst, wie weit du den kleinen Spaß von heute abend überzogen hast? Oder gehörst du inzwischen zu den Glücklichen, denen keine Stunde schlägt?«

»Tut mir leid«, sagte ich. »Wir haben's wohl wirklich ein bißchen drauf ankommen lassen.«

»Auf acht Minuten fünfzig Sekunden, genau gesagt.«

»Oh-oh. So viel? Tut mir ehrlich leid, Drewy.«

»Hör auf, dich zu entschuldigen. Das war schon eine tolle Story, verdammt noch mal.«

Ich zwinkerte vor Überraschung. »Es hat dir also gefallen?«

»Sehr sogar. Natürlich glaub ich kein Wort davon. Aber es war ein prachtvolles Garn, und du hast eine großartige Schau abgezogen. So gut warst du selten.«
Kapper reichte mir eine Zigarette und ließ sein Feuerzeug aufblitzen. Ich machte einen langen, tiefen Zug und sagte: »Du glaubst demnach nicht, daß er am Leben ist?«
Ich hörte sein heiseres Lachen. »Nun sei mal friedlich, Cass. Ich glaube auch nicht mehr an den Weihnachtsmann.«
»Schon. Aber hier geht's doch um was Ernstes, Drewy. Was hältst du denn von Mary Magdala und Simon Cleopas? Findest du nicht, daß wir bei ihnen echte . . .«
»Die Rothaarige? Wirklich flott, muß ich schon sagen. Möcht bloß mal wissen, wo du sowas immer herzauberst. Und dann dieser Herr Jedermann am Schluß, eine ganz raffinierte Masche. Marke Tennel, aber ja.«
»Sie glauben daran, Drewy. Sie glauben, daß er wieder lebt.«
»Meinen Segen haben sie. Aber mich kannst du damit ruhig verschonen.«
Wie mit sausendem Hammerschlag prallte die Müdigkeit auf mich herab. Durch die ganze Sendung hindurch hatte ich mir eine winzige Kraftreserve bewahrt, eine einschüssige Pistole für den Kampf mit Patros. Aber mit seinem zynischen Lachen und der völlig unerwarteten Lobeshymne hatte er mir die Waffe aus der Hand geschlagen und meine Niederlage besiegelt. Bei einem Angriff von seiner Seite hätte ich vielleicht eine Chance gehabt. Aber so? . . .
Ich fragte: »Sind schon Anrufe gekommen?«
»Vier. Drei während der Sendung. Einer gleich nach Schluß.«
»Und?«
»Die ersten drei waren ein Pfarrer und zwei Frauen,

die sich allesamt über die Strip-tease-Szene in der Bar gifteten. Und der vierte« – wieder hörte ich sein rauhes Lachen – »war ein Mann, der sich brennend für die Maße deiner Bauchtänzerin interessierte.«
Mir war übel. All unsere Mühe – meine sorgfältigen Fragen, Kappers straffe Regie, Gregs Kamerakünste – alles für die Katz. Das einzige, was ihnen ins Auge fiel, war Dreck.
»Noch am Apparat, Cass?«
»Ja.«
»Wann kommst du zurück?«
»Zurück? Weiß nicht. Morgen wahrscheinlich.«
»Du klingst ziemlich angeschlagen, Junge. War wohl eine irre Hetze?«
»Ziemlich.«
»Also gut. Mach ein paar Tage Urlaub. Eine ganze Woche von mir aus. Flieg zum Libanon und spann mal ein bißchen aus.«
»Ja«, sagte ich. »Keine schlechte Idee.«
»Na siehst du. Morgen in einer Woche erwarte ich dich zurück. Dich und Greg Dekka. Sag ihm, daß ich heute abend mit seiner Leistung zufrieden war, falls du nicht meinst, daß ihm das zu Kopf steigt.«
»Wird gemacht.«
»Gut. Ist Nick Kapper noch da?«
»Ja, ich geb ihn dir gleich. – Du, Drewy, sag mal ...«
»Ja?«
»Meinst du nicht, daß die Geschichte noch Konsequenzen hat? Irgendeine Publikumsresonanz? Daß es vielleicht Ärger gibt wegen ...«
»Aber woher denn, Cass? Ein paar hirnverbrannte Briefe vielleicht. Spinner gibt's ja immer. Aber wer bei Verstand ist, nimmt die Sache doch nicht ernst. Ein Toter, der in Jerusalem herumspukt, na hör mal.«
»Und ich meinte, du hättest das ernstgenommen. Ge-

stern früh, als du mich anriefst. Du sagtest doch, es könnte Dynamit sein.«

»Mann Gottes, Cass. Du mußt überarbeitet sein oder sonstwas. Natürlich hätte es Dynamit sein können – politisch. Aber das hast du uns ja gerade heute abend bewiesen, politisch ist es nicht einmal ein Knallfrosch. Ein religiöses Stürmchen im Wasserglas. Und stinklangweilig, wenn du's nicht so gekonnt aufgemöbelt hättest.«

»Ja«, sagte ich. »Verstehe.«

»Also ab mit dir, Cass. Ein paar Tage in den Bergen mit einer flotten libanesischen Puppe, und du bist wieder obenauf. Und jetzt gib mir mal Kapper.«

Ich reichte Nick den Hörer und ließ mich schwerfällig nieder. Meine Hände zitterten, die Augen brannten, und mir war, als hätte ich eine Woche nicht geschlafen. In meiner Kehle würgte ein Kloß, aber ich war zu müde, zu ausgepumpt, keiner wirklich spontanen Gefühlsäußerung mehr fähig.

Nach ein oder zwei Minuten stellte Kapper das Telefon zur Seite und kam und setzte sich mir gegenüber.

»Tut mir leid, Cass.«

Ich nickte. »Wahrscheinlich kann man ihm keinen Vorwurf machen. Er ist ja keinem von ihnen persönlich begegnet. Und auf dem Bildschirm, schwarzweiß und im Miniaturformat? Nein, man muß schon von Mensch zu Mensch mit ihnen sprechen.«

Durch die Glasscheibe neben der Kontrolltafel sah ich Simon Cleopas, der im menschenleeren Studio an meinem Tisch saß, die Vase mit den Blumen aus Galiläa vor sich. Jetzt, bei gelöschten Scheinwerfern, wirkte er klein und einsam und unscheinbar, fast persönlichkeitsleer.

Ich fragte: »Hat Patros dir was von den Telefonanrufen gesagt?«

Er nickte.
Gereizt stieß ich mit dem Fuß gegen die Kontrolltafel. »Diese verdammte Trickkiste mit ihren elektronischen Augen. Da steckt man nun ein Wunder hinein, und was kommt raus? Ein Stück Dreck.«
»Aber er hat doch auch gesagt, daß ihm die Sendung gefallen hat, Cass.«
»Gefallen! Das kann er sich von mir aus an den Hut stecken. Glauben sollte er.«
Kapper schüttelte den Kopf. »Woher denn, Junge? Doch nicht unser Drewy. Und wenn du Davidson in Person vor die Kamera gestellt hättest, mit einem Schild um den Hals und amtlich beglaubigten Fingerabdrücken, bei Patros hätte das alles nichts gefruchtet.«
»Genausowenig wie bei unserem großartigen Publikum, das sich vors Gerät hockt und sich den Bauch gierig mit Konfekt und Keks vollstopft und vor Vergnügen quietscht, wenn's gepfeffert wird.«
»Eine Spur übertrieben vielleicht, aber im übrigen stimmt's.«
»Aber warum?« fragte ich. »Was ist denn mit ihnen los?«
Er zuckte die Schultern. »Sie wollen nun mal nicht daran glauben, Cass. Ebensowenig wie du.«
»Das ist nicht wahr.« Ich lauschte auf den schrillen Klang meiner Stimme.
Unten im Studio warf Simon Cleopas einen nervösen Blick auf seine Uhr und schaute dann zur Regiekanzel hoch.
»Armer kleiner Kerl«, sagte Kapper leise. »Hals über Kopf in etwas verstrickt, das er nicht versteht.« Schatten der Müdigkeit um die Augen, blickte er mich an. »Er und seine Freunde, für sie alle gibt es keine Hoffnung. Machst du dir das klar, Cass? Selbst wenn

Davidson zurückgekehrt sein sollte, ihre Aussichten sind gleich Null.«

»Das glaube ich nicht.«

Er schüttelte den Kopf. »Doch, Cass. Und du weißt es sehr gut. Man kann die Welt – unser großes, gieriges, furchtsames Publikum – nicht so einfach ändern, nicht mit einer Handvoll weiser Sprüche, einer Prise Erbarmen und ein oder zwei Wundern.«

»Auch dann nicht, wenn es das Wunder der Auferstehung ist, wenn ein Toter wieder zum Leben erwacht?«

»Auch dann nicht. Ja, gerade dann nicht. Wir sind dafür einfach noch nicht reif, Cass. Aber vielleicht ... vielleicht sind wir eines Tages ein wenig klüger, vielleicht fürchten wir uns dann nicht mehr so sehr vor uns selbst. Aber jetzt? Nein, noch nicht.«

Er stand auf und streckte mir die Hand entgegen. »Komm, Cass. Es war ein langer Tag. Zeit, daß wir nach Hause gehen.«

Ich sagte hilflos: »Aber die Welt, die er ihnen verheißen hat. Die Freiheit und ...«

Er lächelte. Ein winziges, erschöpftes Lächeln. »Es ist zwecklos, Cass. Wir fühlen uns im Gefängnis zu wohl. Wir wollen gar nicht befreit werden.«